放送大学叢書004

徒然草をどう読むか

徒然草をどう読むか　目次

◉第一章

徒然草の読み方

はじめに

本書では、わが国の古典文学を代表する作品である徒然草の中から、著者である兼好の精神世界の十全な開花と、文学作品としての達成が見られる後半部を、精読したい。

徒然草は、鎌倉時代の末期頃に成立した後、しばらくは忘れ去られたかのように、広汎な読者を獲得した形跡がない。けれども、時間が経過した室町時代になってから、次第に歌人や連歌師たちが共感をもって迎えるようになった。そして江戸時代になると、文学者や学者・芸術家たちのみならず、幅広い読者層を獲得し、その潮流はそのまま現代にまで続いている。徒然草は、日本の古典文学の中でも、とりわけ多くの人々によって読まれ続けてきた作品と言える。

ところが、室町時代以来の徒然草の読まれ方を研究していて、気づいたことが二つある。一つは、徒然草は後世のさまざまな文学・芸術に大きな影響を与えているのに、文学作品への引用箇所や、絵画に描かれた場面などに注意してみると、それらが徒然草の前半部に集中していることである。近代になって徒然草が外国語に翻訳紹介されるようになっても事情は変わらず、外国語に翻訳される場合にも、前半部からが多い。つまり、室町時代以来の徒然草の人気の高さにもかかわらず、後半部がいまだ十分に読み込まれておらず、その価値も十分には認識されていないのではないか、という思いを禁じ得ない。

二つ目は、徒然草はかなり早い時期から、無常観や人生教訓や恋愛観など、ある特定のテーマを抽出して読む「テーマ読み」が行われてきたということである。確かに無常観や人生教訓的な記述は、徒然草を一読して心に強く残るものではあるが、それ以外の内容も徒然草に書き留められているからには、どの箇所も著者である兼好の思いが込められているはずである。たとえば、早くも江戸時代においてさえ、ほとんど意義を見出せなくなっていた徒然草の有職《ゆうそく》故実《こじつ》（＝宮中の昔からのしきたり）を記した章段も、新たな観点から読み直してみる必要があろう。つまり、「徒然草を読む」ということは、強烈な印象を与える箇所だけでなく、すべての記述内容を丁寧に読み込み、そこから徒然草の本質を見出すことが重要ではないかと思うのである。

これまでずっと、徒然草の前半部に力点が置かれて読まれ続けてきたこと。そして、あるテーマを抽出するような観点から読まれ、研究され続けきたこと。この二点を踏まえたうえで、それらの不備を補完し、なおかつ新しい視点から徒然草を読み直すには、どうしたらよいのだろうか。

そのためには、テーマを設定して抽出する「拾い読み」という読み方ではなく、章段の順に、ほぼすべての内容を詳しく読み進めてゆく「連続読み」が、方法論として要請されるだろう。

徒然草の後半部を、近代の批評文学にも匹敵する一続きの長編評論として、章段の前後の繋《つな》がりに留意しながら、記述の流れを大きく捉えて読んでみたい。

私見によれば、兼好は決して最初から「人生の達人」だったわけではなく、徒然草を執筆しながら、あるいは徒然草を執筆することで、徐々に成熟していった人物である。とりわけ徒然草の後半部になると、兼好の「人間」と「時間」への関心や、ものの見方が、前半部と比べてより一層柔軟に相対化してくるし、兼好の批評精神が顕著に現れてくる。本書では、そのような徒然草の記述の深化と展開を、辿ってみることにしよう。現代を生きるわたしたちが、「徒然草をどう読むか」。これが、本書のテーマである。

なお、徒然草の前半部に見られる、執筆の契機と兼好の自己変革については、本書でも必要に応じて触れるが、すでに拙著『兼好――露もわが身も置きどころなし』（ミネルヴァ日本評伝選・ミネルヴァ書房・平成十七年）で述べたことがある。また、江戸時代の絵画化された徒然草の研究や、近代以後の徒然草の翻訳などについては、拙著『徒然草文化圏の生成と展開』（笠間書院・平成二十一年）で詳しく考察した。両書を合わせ読んでいただければ、幸いである。

徒然草のプロフィール

徒然草の後半部の原文を味読しながら、兼好の思索の深まりを辿る前に、まず徒然草を概観し、前半部の内容についても簡単に触れておこう。

徒然草は、「つれづれなるままに、日暮らし硯に向かひて、心に移りゆくよしなしごとを、そこはかとなく書きつくれば、あやしうこそものぐるほしけれ」という印象的な短い書き出しの序段に始まり、兼好が八歳の時、父親に仏の起源を尋ねた話で終わっている。全体の内容は多彩で、自然や恋愛や政治や社会のことなど、さまざまな事柄が、簡潔でわかりやすい文章で書かれている。

兼好自筆の徒然草は残念ながら発見されていないが、兼好の時代から約百年後の室町時代の写本が残っている。永享三年（一四三一）に歌人の正徹《しょうてつ》（一三八一〜一四五九）によって書き写された上・下二冊の写本（静嘉堂文庫蔵）が、現存最古の写本である。上巻・下巻、それぞれの本文末尾に「兼好法師作也」と記されており、徒然草の著者が兼好であることは、古くからの定説となっている。

写本は、この「正徹本」徒然草の以外にも、武将歌人だった東常縁《とうのつねより》（一四〇一〜一四八四頃）が書写した「常縁本」徒然草、文武両道に秀でた細川幽斎《ほそかわゆうさい》（一五三四〜一六一〇）が書写した「幽斎本」徒然草など、いくつかの系統に分かれるが、徒然草を読むうえでは、それほど大きな違いはないと言ってよいだろう。

ところで、「正徹本」のような古い写本の本文には、句読点も清濁も付いていない。また、本文に改行は見られるものの、明確な章段区分もない。したがって、第一段とか第二段などという、章段番号も付いていない。句読点や清濁、章段番号などは、江戸時代になってから整えられたのである。

慶長十八年（一六一三）に、幽斎の弟子で公家の烏丸光広《からすまるみつひろ》（一五七九〜一六三八）が句読点や清濁を付けた徒然草の本文が、版本として刊行された。この「烏丸本」徒然草が、それ以後は、定本として江戸時代を通じて広く読まれることとなった。近代に入って、明治時代から現在に至るまで、最も流布しているのも、また「烏丸本」である。だから、本書においても徒然草の原文からの引用は、「烏丸本」によった。ただし、わたし自身の研究成果を取り込んだ本文校訂は行った。

徒然草を細かな章段に区分する読み方は、『源氏物語』研究史上の金字塔である『湖月抄《こげつしょう》』を完成させた北村季吟《きたむらきぎん》（一六二四〜一七〇五）が著した『徒然草文段抄《つれづれぐさもんだんしょう》』（一六六七年刊行）によって、それまでに試みられていた区切り方が整理され、現在に至っている。

現代では、序段・第一段・第二段……と始まり、最終の第二百四十三段まで、合計二百四十四の段数が、徒然草の章段数として認識されている。ちなみに、徒然草は「正徹本」などのように上下二冊で伝来してきたので、江戸時代になっても上下二冊の版本になっていることが多かった。その場合には、上巻と下巻の通し番号ではなく、下巻の冒頭が第一段となっていることもある。けれども、これでは、徒然草の全体像を一望のもとに把握するのには、まことに不便である。上巻と下巻を統合した通し番号が、江戸時代に季吟たちによって付けられたことの意義は大きい。

ただし、兼好本人が章段番号を付けたわけではないのだから、あまり章段区分に囚われない方がよいだろう。むしろ、一つ一つの章段を切り離してそこだけを取り上げると、徒然草の全体像を見失いかねない。それが、「テーマ読み」の弊害である。徒然草を読むうえで重要なのは、内部世界を貫く変化と持続の諸相を見抜くことであり、章段相互の関連と展開に気づくことではないだろうか。

なお、現代では徒然草を上下二冊からなる作品として認識することはほとんどないので、本書でも、上巻・下巻という呼称ではなく、前半（部）・後半（部）と呼ぶが、所により、上巻・下巻と呼称することもある。

兼好の経歴と徒然草の執筆時期

兼好の経歴に関しては、信用のおける歴史資料が少なく、あまり詳しいことはわからない。神官である卜部《うらべ》兼顕《かねあき》の子として、弘安六年（一二八三）頃に生まれ、二十代の前半には六位の蔵人《くろうど》として、後二条天皇（一二八五〜一三〇八）に仕えた。三十歳以前にはすでに出家し、少なくとも七十歳過ぎまで生きた。兼好は生前、中世の歌聖である藤原定家《ていか》の歌学を受け継ぐ正統である二条家の二条為世《ためよ》に師事する歌人だった。頓《とん》阿《あ》・浄弁《じょうべん》・慶運《けいうん》とともに、為世門下の「和歌四天王《してんのう》」の一人とまで呼ばれた。けれども、兼好が徒然草という散文作品の著者であるという記録は、当時の文献には書かれておらず、徒然草が広く読まれた形跡はない。

徒然草がいつ頃に書かれたかという執筆時期も特定することは難しく、諸説ある。それらの多くは、兼好が三十代半ばから五十代半ばくらいまでの鎌倉時代末期のある時期に、徒然草の執筆を想定する説である。いずれの説にしても、兼好の没年を考え合わせれば、彼は徒然草を執筆後に、二十年以上にわたる晩年を生き永らえたことになる。だが、兼好の手になる作品としては、徒然草以外は、自作の和歌をまとめた三百首足らずの『兼好法師集』が知られているだけである。

「つれづれ」という言葉の情景

徒然草の序段に書かれ、タイトルともなっている「つれづれ」という言葉は、徒然草のキーワードの一つである。この言葉は、古くから王朝文学の和歌や散文に使われており、そこでは、長雨（ながあめ・ながめ）などに降り籠《こ》められた状況において感じる所在なさが本来の用法であった。そして、その所在なさは往々にして、閉塞した男女の恋愛関係への物思い（眺め＝ながめ）を誘発する契機となっていた。

しかし、兼好と同時代の中世の歌人たちの和歌に見られる「つれづれ」の用例の中には、恋愛感情ではなく、自分自身の心と向き合う孤独感の表明として使われているものが見出され、徒然草の内面世界を窺い知るうえで参考になる。

つれづれと眺め眺めて暮るる日の入相《いりあひ》の鐘の声ぞ寂しき（『風雅和歌集』・祝子《しゆくし》内親王）

つれづれと山陰《やまかげ》すごき夕暮れの心に向かふ松の一本《ひともと》（『風雅和歌集』・従三位親子《しんし》）

兼好もまた、『兼好法師集』の中で、次のように孤独と倦怠を嘆いている。

三月ばかり、つれづれと籠《こ》もり居《ゐ》たる頃、雨の降るを

眺むれば春雨《はるさめ》降りて霞むなり今日はたいかに暮れがてにせむ

かくしつついつを限りと白真弓《しらまゆみ》起き伏し過ぐす月日なるらん

「晩春である三月の頃、つれづれの思いに屈して家に閉じこもっていた日々に、雨が降っているのを眺めながら詠んだ歌」という詞書《ことばがき》を持つこの二首が、いつごろ詠まれたのかは不明であるが、ここに詠み込まれている兼好の物思いは深い。

一首目の歌の意味を、言葉を補って訳してみれば、「戸外を眺めると、春雨が降って景色がぼうっと霞んでいる。今日というこの日を、いったいどのようにして、わたしは過ごそうか。何もすることが見つからず、何をする気にもなれない。何と時間の経《た》つことが遅いことか」、とでもなろう。

二首目の歌は、一首目の歌をそのまま受けて詠まれている。「今日のような毎日を過ごしていっても、いったい、いつになったら自分の死期がやってくるのか、まったくわからない。その日がやってくるまで、毎日毎日こうして無為の月日を過ごしてゆくのであろうか。何とも、やりきれないことだ」。

しかしながらこのようなやりきれない倦怠感は、兼好だけものではなかった。現代の文学者である吉田健一（一九一二～七九）のエッセイにも、兼好の思いと非常によく似た感慨が書かれている。

成熟するということ

吉田健一は、『東西文学論』『ヨオロッパの世紀末』『金沢』『時間』などの評論や小説を著した文学者である。彼の「鬢絲《びんし》」（『吉田健一著作集』第十一巻所収・集英社）というエッセイに、次のような箇所がある。このエッセイは、四百字詰の原稿用紙に換算してわずか五枚ほどの短いものであるが、人間の年齢と成熟への思いが、深い実感を籠めて語られている。

この間、髭を剃つてゐる時に鏡を眺めて、自分も本式に年を取つて来たと思つた。髪に白髪が混つてゐて、その上に二日酔ひの朝だつたので皮膚から光沢がなくなり、皺も深く刻み込まれて、来年は五十になる人間そのままの顔がそこにあつた。年を取るのに、随分掛つたものだといふ気がする。（中略）

若い時にうかうかしてゐると直ぐに年を取つてしまふといふ種類のお説教も、全く無意味なものに思はれた。こつちが早く一人前にならうとあくせくしてゐる際に、何が若いうちが花で、何がうかうかなのか。又、お説教ではどうだらうと、年といふのは決して直ぐには取らないもので、二十になつてもまだ三十になるまでに十年あり、それから又十年たたなければ四十にならない。時間は少しづつしかたつて行かなくて、自分がしたいやうな仕事は大して出来ず、或は、偶に出来ることがあつても、それがすんでしまへばもう別にどうといふことはなくて、これはもどかしいなどと形容することですむものではなかつた。不思議に、今死んでしまつたらどうだらうとは考へなかつたのを覚えてゐる。いつまでも生きてゐることになつてゐるやうで、それがさう思つてゐた当時と同じぎくしやくした月日が無限に未来に向つて続いてゐることを意味したから、その点だけでもうんざりだつた。

吉田健一が若い頃感じた、時間の経過に対するやりきれなさ。いつまで経《た》ったら一人前の大人になることができるのだろうか、という不安と焦燥。この思いは、先に掲げた兼好の和歌で述べられていることと、実によく似ている。来年は五十歳になるというのだから、「鬢絲」が書かれたのは、昭和三十六年頃であろう。この時期になって初めて、吉田健一も自分の青年期を振り返り、若い頃に苦しめられていたもどかしさや、そこから生じる倦怠感などがいつの間にかなくなり、ようやく年齢を重ねるにつれて自分が成熟してきたことの手応えを感じたのだった。

十九歳の時、ケンブリッジ大学を中退して帰国した若い吉田健一の姿は、評論家である中村光夫《なかむらみつお》（一九一一～八八）の回想によれば、「気兼《きが》ねや人見知りが強く、人前では、自分の手足のおき場所に窮してゐるやうな印象をあたへた」（『吉田健一著作集』第一巻・月報）という。

前半から後半への変化

徒然草の前半を貫いて際立《きわだ》つ特徴は、兼好の精神形成のプロセスが明確に書き著されている点である。徒然草の執筆を開始した当初、兼好は日本や中国の古典的な書物から得た知識と教養を基盤として、理想ばかりを追い求めていた。けれども、次第に現実の世の中に目を向けるようになり、そのことによって、観念的でない生きた知恵や、他者への深い共感を獲得してゆく兼好の姿が、上巻の行間からありありと垣間見られる。

兼好のものの見方や考え方の深まりの記録帖（ノート）が徒然草前半部に当たる上巻

の世界であり、それを一言でまとめるならば、兼好における「若さから成熟への精神形成」が記録されたものであった、と言えよう。

それに対して、これから本書で詳しく考察しようとしている後半の特徴としては、何よりも「一元化から相対化へ」と、兼好のものの見方が変化していることが挙げられる。徒然草の前半においても、兼好の考え方はかなり相対的なもので、章段が違えば、矛盾するような正反対の見解を述べている場合もあった。ただし前半では、それぞれの章段の冒頭の一文が、その段全体の的確な要約となっていることが多かった。ところが後半になると、冒頭の一文がそのまま要旨とはならない段が増えてくる。つまり、書き出しとその後の展開が、同じ段の中で違ってくるのである。

このような書き方の変化は、この世の真実は決して一元化して当てはめることなど不可能であることに気付いた兼好が、みずからの思考回路と執筆姿勢を修正したことを示唆《しさ》している。換言すれば、後半においては、ある論点に対する相対化のスピードが速くなっているのである。

これは、徒然草の後半では、兼好が対象と距離を置くようになってくるということとも関連するのだろう。前半と比べて兼好の視点の位置が高くなり、ものごとを遠くから俯瞰《ふかん》するような、「よろづのもの、よそながら見る」（第百三十七段）態度になっている。対象を遠景の中で捉えることにより、より広い視野が開け、一層柔軟で相対的な、ものの見方が獲得されてくるのだ。

また、徒然草の後半には、「人間」をめぐる話題が目立って多くなってくる。徒然草は全体を通じて、人間について書かれた段が多く、のべ人数としては二百三十名を超える人物が登場する。後半は前半よりも章段数は少ないにもかかわらず、人名が多くなっており、それだけ人間をめぐる章段が増えていることがわかる。

さらに後半では、宮中のしきたりを書き記した有職故実《ゆうそくこじつ》の章段が数多く見られるが、これらの段がなぜ、どのような意図をもって書き留められたのかについても、改めて考えなくてはならないだろう。兼好は故実やしきたりの中に、何を透視していたのか。これらの章段を兼好の「時間認識」と絡めて解釈してみるならば、有職故実も単なる無味乾燥な記述ではなくなってくる。

徒然草の下巻では、物事を相対化する視点が顕著になり、表現・内容ともに、まさに「人生の達人」の風貌がはっきりとした形を取ってくる。徒然草の冒頭部に見られたような、人生の入口に立ったばかりの青年の焦燥と不安に満ちた姿ではなくなってくるのだ。ところが、徒然草もあと残り数段という最終局面まで来ると、今までにないような翳りのある心情を、兼好が吐露する場面が現われてくる。来し方《こかた》を振り返り、この世の真実を静かに描き取る筆致に、一筋の憂愁が忍び込む。その心の陰翳をも、あますところなく探ってみたい。

そして、徒然草の最終段。八歳の時の思い出をもって、徒然草全体を締め括った兼好の真意は何か。なぜここで徒然草が擱筆されたのかについては諸説あるが、それらをもってしても、十分に納得できる解答は提出され尽くしていないように思われる。仏の起源を父親に問い詰めた最終段は、仏教問答でもなければ、ほほえましい自慢話でもない。もっと徒然草全体にかかわる重要な意味がここに籠められているからこそ、最終段となったのである。森鷗外（一八六二～一九二二）の言葉を媒介としながら、最終段としての第二百四十三段を、新たな観点から解釈し直そう。

このような、これまで述べてきたさまざまの問題意識を先立てて、新しい観点から徒然草の読み方を提示したい。

第二章

自己認識から始まる生き方の探求

おのれを知る

徒然草の下巻は、古来、第百三十七段から始まっている。けれども、兼好の思索の深まりは上巻の末尾部分でも顕著であるので、第百三十四段あたりから読み始めて、後半部が開幕する第百三十七段へと繋げてゆくことにしよう。

徒然草の書き方の特徴として、具体例を先に挙げた後で、一般論を展開するという書き方がされることが多い。第百三十四段も、そのような章段である。このような書き方は、説得力に富み、徒然草らしい書き方であると言えよう。この段で兼好は、自分自身の外面と内面の実像を知ることの大切さを述べている。第百三十四段は、簡潔な短い段が多い徒然草にしては、かなり長く、難解そうに見える。けれども、一段の中で思索が深まって行くプロセスが明瞭に示されており、読み応《ごた》えがある。

高倉院の法華堂《ほっけだう》の三昧僧《さんまいそう》、何某《なにがし》の律師《りっし》とかやいふ者、ある時、鏡を取りて、顔をつくづくと見て、我が容貌《かたち》の醜く浅ましきことを、余りに心憂《う》く覚えて、鏡さへうとましき心地《ここち》しければ、その後《のち》、長く鏡を恐れて手にだに取らず、更に人に交はることなし。御堂《みだう》の勤めばかりにあひて、籠《こ》もり居《ゐ》たりと聞き侍《はべ》りしこそ、ありがたく覚えしか。

賢げなる人も、人の上をのみ計りて、己《おの》れをば知らざるなり。我を知らずして、外《ほか》を知るといふ理《ことわり》あるべからず。されば、己れを知るを、物知れる人といふべし。容貌《かたち》醜けれども知らず、心の愚かなるをも知らず、芸の拙《つたな》きをも知らず、数ならぬをも知らず、年の老いぬるをも知らず、病の冒《をか》すをも知らず、死の近きことをも知らず、行ふ道の至らざるをも知らず。身の上の非を知らねば、まして外《ほか》の謗《そし》りを知らず。

ただし、容貌《かたち》は鏡に見ゆ。年は数《かぞ》へて知る。我が身のこと知らぬにはあらねど、すべき方《かた》のなければ、知らぬに似たりとぞ言はまし。容貌《かたち》を改め、齢《よはひ》を若くせよとにはあらず。拙きを知らば、何ぞ、やがて退かざる。老いぬと知らば、何ぞ、閑《しづ》かに、身を安くせざる。行ひ愚かなりと知らば、何ぞ、これを思ふこと、これにあらざる。

すべて、人に愛楽《あいげう》せられずして、衆《しゅ》に交はるは恥なり。容貌《かたち》醜く、心遅れにして出《い》で仕《つか》へ、無智にして大才に交はり、不堪《ふかん》の芸をもちて堪能《かんのう》の座に列《つら》なり、雪の頭《かしら》を頂きて盛りなる人に並び、いはんや、及ばざることを望み、叶はぬことを憂へ、来《きた》らざることを待ち、人に恐れ人に媚《こ》ぶるは、人の与ふる恥にあらず。貪《むさぼ》る心に引かれて、自《みづか》ら身を辱《はづかし》むるなり。貪ることの止《や》まざるは、命を終ふる大事、今ここに来《きた》れりと、確かに知らざればなり。

第百三十四段では冒頭で、ある僧が鏡を見て自分の姿を明確に知ったことを具体例として、「容貌は鏡に見ゆ」と書いている。「鏡」とは、己れの真実の姿を映し出すものを意味している。この段のキー・センテンスは、「己れを知るを、物知れる人といふべし」という言葉に極まる。

自己発見をしてこそ、その時初めて、今後の生き方を知ることができる。徒然草は、第一段において、宮中のしきたりに通じ、知識教養を十分身につけることによって、

「人の鏡（＝鑑）」になる生き方を理想として掲げている。けれども重要なことは、「人の鏡」になることではなく、自分自身の真の鏡を見出すことなのだ。そのような認識が、徒然草のちょうど半ばまでの執筆行為を通して、実現されつつある。

兼好にとって徒然草後半部の執筆は、兼好がさらなる自己変革を行ったことを意味している。彼は、「心に移りゆくよしなしごと」（序段）に託して、思索を深めてゆく。しかも、常に揺れ動く人間の心の姿を、そのままのかたちで言葉に定着し続けながら。このことは非常に重要で、徒然草の叙述が思索の深化を体現しているにもかかわらず、思想書ではなく、あくまでも文学であるゆえんも、そこにこそある。

ミクロコスモスとしての第百三十七段

さて、下巻冒頭の第百三十七段は、徒然草で最も長い章段である。書き出しから末尾にいたるまで、思いもよらぬ思考の柔軟な展開が示され、徒然草全体を凝縮したような特徴を持つ。第百三十七段の表現と内容の双方を十分に味読し、深く把握するためには、この長大な段を内容の展開に沿って、精緻に分析する必要があろう。ここではこの章段を三つの節に区切り、それぞれの節をさらに細分化して、ａからｋまでの合計十一段落に分けて、詳しく読んでみたい。
最初に、第百三十七段全体の構成を簡単に示せば、次のようになる。

第一節　兼好の美意識
　a段落　世間の常識と、文学的美意識
　b段落　花の情趣
　c段落　恋愛の情趣
　d段落　月の情趣
　e段落　心の眼
第二節　祭の一日
　f段落　よき人と、片田舎の人
　g段落　葵祭を見物する人々の生態
　h段落　祭の果て
第三節　死の到来の自覚
　i段落　無常の実感

j段落　逃れえぬ死

k段落　無常という敵《かたき》

第百三十七段の第一節は、五段落からなる。この部分は、世間一般の常識と文学的な美意識との対立を述べたものである。ここで兼好が問題にしているのは、日常的な常識の世界以外に、もう一つの世界があるということであって、世間の常識を全面的に否定しているわけではない。つまり、兼好が提起した「ものの見方」は、「心の領域」の拡大を図ることに深い意義がある。そのことは、「……かは」という反語を繰り返し使って、世間の常識に強く異議申し立てをしていることからもわかる。

桜の花も満開だけが美しいのではなく、蕾《つぼみ》の状態も、花が散った後も、見所は多い。男女の恋愛も、逢《あ》えなくても相手のことを心の中で思うのがよい。月も、一点の翳りのない満月よりも、木や雲に隠れた月があわれ深い。月や花も実際に目で見なくても、心の中で思い浮かべるのが趣き深い。兼好は自分自身の考えを、このように述べている。原文を読んで、そのことを確認しよう。

a

花は盛りに、月は隈《くま》なきをのみ見るものかは。雨に対《むか》ひて月を恋ひ、垂《た》れ籠《こ》めて、春の行方《ゆくへ》知らぬも、なほあはれに、情け深し。

b

咲きぬべきほどの梢《こずゑ》、散り萎《しを》れたる庭などこそ、見所《みどころ》多けれ。歌の詞書《ことばがき》にも、「花見に罷《まか》れりけるに、はやく散り過ぎにければ」とも、「障《さは》ることありて罷らで」なども書けるは、「花を見て」と言へるに、劣れることかは。花の散り、月の傾《かたぶ》くを慕ふ習ひは、さることなれど、ことに頑《かたく》なる人ぞ、「この枝、かの枝、散りにけり。今は見所なし」などは言ふめる。

c

よろづの事も、始め終はりこそ、をかしけれ。男女《をとこをんな》の情けも、ひとへに逢《あ》ひ見るをば言ふものかは。逢はで止《や》みにし憂《う》さを思ひ、あだなる契《ちぎ》りをかこち、長き夜《よ》を一人明《あ》かし、遠き雲井《くもゐ》を思ひやり、浅茅《あさぢ》が宿《やど》に昔を偲《しの》ぶこそ、色好《いろこの》むとは言はめ。

d

望月《もちづき》の隈《くま》なきを、千里《ちさと》の外《ほか》まで眺めたるよりも、暁近くなりて待ち出《い》でたるが、いと心深う青みたるやうにて、深き山の杉の梢に見えたる、木《こ》の間《ま》の影、うち時雨《しぐ》れたる叢雲隠《むらくもがく》れのほど、またなくあはれなり。椎柴《しひしば》、白樫《しらかし》などの濡れたるやうなる葉の上に燦《きら》めきたるこそ、身に沁《し》みて、心あらん友もがなと、都恋しう覚ゆれ。

e　すべて月・花をば、さのみ、目にて見るものかは。春は家を立ち去らでも、月の夜は閨《ねや》の内ながらも思へるこそ、いと頼もしう、をかしけれ。

第百三十七段の書き出しにあたるaは、この段全体に懸かるというよりもむしろ、第一節と第二節に対しての序であると考えた方がよいだろう。逆に言えば、第三節はそれだけ、書き出しの第一節の部分からは大きく踏み出した論が展開しているのである。

ところで、第百三十七段の冒頭部は、ごく自然な書き方のようにも見えるが、よく練られた構成になっていることに注目したい。aで、まず花と月という自然の美の代表を取り上げ、bでは花について、cでは恋について書き、dで再び月について書いている。aからbへの展開は、最初の言葉の「花」をめぐっての自然な展開となっているが、bで、満開以外の花ということから、花の開花期と落花期を取り上げ、それがものごとの始めと終わりへと拡大されて、「恋」が取り上げられる。さらに恋からの自然な展開で、「夜」からさらに「月」となり、dへと続く。このdまできて、aの部分に出てきた「花」と「月」が両方とも取り上げられたことになり、第一節の展開がひとまず閉じられる。

なお、「望月（満月）」と「千里」という言葉から、友を偲《しの》ぶ感情が出てくるのも、cの恋人との対比で友人にも触れたのであろうが、兼好の人間関係への関心がここに表れている。eは、第一節をまとめるとともに、第二節への橋渡しとなっており、fと連続して捉える読み方もできる。

また、第一節で使われている表現が非常に和歌的であり、古典文学の中に典拠を持つ言葉がたくさん使用されていることにも注目したい。第百三十七段の書き出しは、まるで徒然草上巻の冒頭部のように、先行文学の表現を巧みに摂取しながら書き連ねられており、「書物の中」から得た知識・教養を基盤として、理想的な情景を美しく創造していた。言い換えるところでは、ものの見方には独自性があるが、表現自体は伝統的な文学的価値観に沿って書いているということである。それが次の節になると、どうなるか。

「よそながら見る」という姿勢

第百三十七段の第二節には、世間の人々にありがちな、桜の枝を折ったり、雪に足跡をつけたりする心ないしわざを、「よろづのもの、よそながら見ることなし」と、痛烈に批判し、それに続いて、葵祭の一日が描かれている。人々の様子は、葵祭の行列ばかりを見ようとして大騒ぎする人たちと、おっとりした態度で祭のざわめきから距離を置く人とに別れる。その二つの姿を、徒然草は対比的に、生き生きと書いている。祭そのものよりも、そこで展開される情景の全体像を描き出すことに力点が置かれ、兼好が「人の中」で実際に体験し、目撃した事柄が書かれている。兼好の観察は、祭をいわば「遠景」として捉えているのである。徒然草の後半部を読み進めてゆくと、この第二節のf段落に書かれている「よろづのもの、よそながら見ること」が、兼好自身の基本姿勢となっていることが次第に判明してくる。

fからhまでの原文を掲げよう。

f　よき人は、偏《ひとへ》に好《す》けるさまにも見えず、興《きよう》ずるさまも、なほざりなり。片田舎《かたゐなか》の人こそ、色濃《こ》く、よろづはもて興ずれ。花の下《もと》には捩《ね》ぢ寄り立ち寄り、あからめもせず目守《まも》りて、酒飲み、連歌《れんが》して、果《は》ては大きなる枝、心なく折り取りぬ。泉には、手・足、差し浸《ひた》して、雪には、下《お》り立ちて跡付《あとつ》けなど、よろづのもの、よそながら見ることなし。

g

さやうの人の祭見しさま、いと珍らかなりき。「見ごと、いと遅し。そのほどは、桟敷《さじき》不用《ふよう》なり」とて、奥なる屋《や》にて、酒飲み、物食《く》ひ、囲碁・双六《すぐろく》など遊びて、桟敷には人を置きたれば、「渡り候《さうら》ふ」と言ふ時に、おのおの肝潰《きもつぶ》るるやうに争ひ走り上《のぼ》りて、落ちぬべきまで、簾《すだれ》張《は》り出《い》でて、押し合ひつつ、一事《ひとこと》も見漏らさじと目守《まぼ》りて、「とあり、かかり」と物毎《ごと》に言ひて、渡り過ぎぬれば、「また渡らんまで」と言ひて、下《お》りぬ。ただ、物をのみ見んとするなるべし。都の人のゆゆしげなるは、睡《ねぶ》りて、いとも見ず。若く末々《すゑずゑ》なるは、宮仕《みやづか》へに立ち居《ゐ》、人の後《うし》ろに候ふは、さま悪《あ》しくも及びかからず、わりなく見んとする人もなし。

h

何となく葵《あふひ》懸《か》け渡して艶《なま》めかしきに、明《あ》け離れぬほど、忍びて寄する車どものゆかしきを、「それか、かれか」など思ひ寄すれば、牛飼《うしかひ》・下部《しもべ》などの見知れるもあり。をかしくも、きらきらしくも、さまざまに行き交《か》ふ、見るもつれづれならず。暮るるほどには、立て並べつる車ども、所なく並《な》み居《ゐ》つる人も、いづかたへか行きつらん、ほどなく稀《まれ》になりて、車どもの乱《らう》がはしさも済みぬれば、簾・畳も取り払ひ、目の前に寂しげになりゆくこそ、世のためしも思ひ知られて、あはれなれ。大路《おほぢ》見たるこそ、祭見たるにてはあれ。

この節では、前節の末尾のｅを受けて、ある一定の距離感を対象と保ちつつも、精神的には一体感を持つことの意義が、現実の人々の生態の中から描かれている。ｆでは、「よき人」と「片田舎の人」が鮮やかに対比されている。花の枝を折り、清らかな泉を汚し、雪に足跡をつけるという、日常よく見られる光景に対して、兼好は美の観点から強く批判している。なぜならば、たとえ美しいものを愛《め》でる素朴な感情であったとしても、そのような行為自体が、結果的には対象を損なってしまうことに、兼好は気づいているからである。

「よそながら見る」ことによってのみ保たれるものがあり、それほどまでに損なわれやすいものこそが、真に愛《め》でるに価するものなのかもしれない。

ｇでは、葵祭を見物する人々の様子が、生き生きと描き出される。行列が来ない時は、飲食や遊戯をしたりしているのに、行列が来たとなると大慌てで桟敷席に移動して、身を乗り出して凝視する。このような人々の態度を、兼好は「ただ、物をのみ見んとするなるべし」と、辛辣に批評している。

hでは、gよりも時間的に遡《さかのぼ》り、祭の当日の朝の情景にまず触れてから、祭が終わった後の夕暮に焦点を絞って描いている。これは、cの冒頭で、「よろづの事も、始め終はりこそ、をかしけれ」と提示された短いテーマの変奏である。cにおいて、恋愛に関して書いていたのが第一変奏であるとすれば、このhは、第二変奏ともいうべき書き方になっている。

第百三十七段は、長大な章段であり、次々と話題が広がっているが、同時に内部の各段落は緊密な関連性や連想によって繋がっている。そのことが、この章段の特色であるし、同様のことは、徒然草全体についても言えるであろう。

さて、hで、祭の果ての大路の寂しく静まり返った光景を眺めながら、兼好は、ここで一つの真理を発見した。それは、この一日の変化の中に「世のためし」の姿が顕《あら》われていることを見出したのである。「大路見たるこそ、祭見たるにてはあれ」という一文は、きわめて印象的な感想となって、読者の心に強く残る。

ところで、この祭の果てを見尽くしている兼好の姿を、兼好の心理的状況と重ね合わせて読むとしたら、どのような解釈が可能であろうか。葵祭の一日は、hで書かれていたように、「をかしくも、きらきらしくも、さまざまに行き交ふ、見るもつれづれならず」という、非日常の時空であった。それは現実に兼好もその中にいるとしても、ある意味で幻視された世界である。兼好と比べたら、片田舎の人々の方がずっと祭そのものを楽しみ、祭の中で生きている。しかし、祭というものを一歩離れたところから見ている兼好は、そこに自分自身の生の実感を投入した書き方をしていない。

ところが、祭の果てにいたって、兼好は初めて、ある現実の手応えを見出す。それは皮肉なことに、死の実感であった。けれども、死の実感こそは、兼好にとって生の実感にほかならなかったのである。

わが身の死を自覚する

第二節での現実観察を踏まえて、そこから導き出された兼好独自の思索、すなわち、人間の生死についての思索が語られるのが第三節である。

iからkまでの原文を、読んでみよう。

i　かの桟敷の前をここら行き交《か》ふ人の、見知れるが数多《あまた》あるにて知りぬ。世の人《ひと》数《かず》も、さのみは多からぬにこそ。この人皆失《う》せなん後、わが身死ぬべきに定まりたりとも、ほどなく待ちつけぬべし。大きなる器物《うつはもの》に水を入れて、細き穴を開《あ》けたらんに、滴《したた》ること少なしといふとも、怠《おこた》る間《ま》なく洩りゆかば、やがて尽きぬべし。都の中《うち》に多き人、死なざる日はあるべからず。一日《ひとひ》に一人二人のみならんや。鳥部野《とりべの》・舟岡《ふなをか》、さらぬ野山《のやま》にも、送る数多かる日はあれど、送らぬ日はなし。されば、棺《ひつぎ》を鬻《ひさ》く者、作りて、うち置くほどなし。

j

若きにもよらず、強きにもよらず、思ひかけぬは死期《しご》なり。今日まで逃れ来《き》にけるは、ありがたき不思議なり。しばしも、世をのどかに思ひなんや。継子立《ままこだて》といふものを、双六《すぐろく》の石にて作りて立て並べたるほどは、取られんこと、いづれの石とも知らねども、数へ当てて一つを取りぬれば、その外《ほか》は逃れぬと見れど、またまた数ふれば、かれこれ間抜《まぬ》き行くほどに、いづれも逃れざるに似たり。

k

兵《つはもの》の軍《いくさ》に出《い》づるは、死に近きことを知りて、家をも忘れ、身をも忘る。世を背《そむ》ける草の庵《いほり》には、閑《しづ》かに水石《すいせき》を弄《もてあそ》びて、これをよそに聞くと思へるは、いとはかなし。閑かなる山の奥、無常の敵《かたき》、競《きほ》ひ来《きた》らざらんや。その死に臨《のぞ》めること、軍《いくさ》の陣《ぢん》に進めるに同じ。

まずiでは、直前のhから直接導き出された、重大な実感と考えが書き留められる。一般的に言ってわたしたちは、世の中に人間が多いと感じる場合の方が多いのではないだろうか。ところが兼好は逆に、祭の見物人に顔見知りが多いことから、かえって世間の人数を思ったよりも少ないと結論づけているのである。

このあたりの感覚は独自の飛躍であるが、その飛躍によって新たな思索が推進される。hからiへの展開は、徒然草の他の部分でも見られた鮮やかな転調が思い合わされ、ここでも、この第百三十七段が、徒然草の全体像を凝縮したものであるという感を強くするのである。

iでは、人間の数が少ないという発見を通して、その最後に自分が死ぬとしても、すぐに順番が回ってくるということを、論理的に、かつ説得力をもって語る。どんなに少しずつであっても器から漏れてゆく水は、遂に尽きる時があり、葬儀用の棺は作るそばから売れてしまう。死の接近という目に見えないものを、明らかに目に見えるものの比喩によって描き出すこのあたりには、迫真の力がある。

ここで特に注目すべきは、徒然草には死の到来への覚醒を促す章段はいくつもあるが、この部分ほど実感が籠もった表現はないということである。なぜ実感が籠もっているかというと、兼好が初めて死の到来を「わが身」のこととして捉えているからである。jで、「今日まで逃れ来にけるは、ありがたき不思議」とさえ書いている。なにげない当然の日常が、「ありがたき不思議」、つまり、めったにありえないような不思議なこととして再認識されている。

「存命の喜び」（第九十三段）、「我らが生ける今日の日」（第百八段）などの認識によって、徒然草には生の貴重さが繰り返し書かれていたが、ここでもそのことが強調されている。しかも、死の到来を他人事や一般論とせず、自分自身の問題として捉え直した時、徒然草の下巻で展開される死生観は、死の自覚を越えて、いかに生きるべきかという、具体的な人間の生き方を示す章段へと変貌を遂げる。

なお、jで書かれている「継子立《ままこだて》」の遊びは、gで描かれていた見物の合間の人々の遊びを自然と思い出させ、死の到来を忘れている人々の危うさをも、二重写しに思い起こさせる仕組みになっている。

kでは、直接には書かれていないが、おそらく兼好の念頭にあったのは、鴨長明《かものちようめい》（一一五五？〜一二一六）の『方丈記』に代表されるような草庵暮らしの生き方の危うさであろう。「世を背ける草の庵」も、決して死から逃れることはできない、という兼好の思索の深まりは、中世の草庵文学の領域から徒然草を大きく逸脱させて、徒然草の文学的な命脈を、近世から現代へと拡張することに成功している。

ｋの末尾は、読みようによっては中途半端な終わり方をしているが、この終わり方こそは、人間の生が突然の死によって中断されることを暗示する書き方となっているのではないだろうか。

第百三十七段を以上のような観点から読んでみると、この段がいかに徒然草という作品の全体像と対応しているかということに、改めて気づかされる。「書物の中」の理想像から「人の中」の現実へ。さらにその現実認識を通して独自の思索の深化へ、という徒然草上巻の世界が、この下巻冒頭の第百三十七段において、もう一度繰り返されている。

そう言えば、徒然草の最初の読者とも言うべき室町時代の歌人・正徹が、徒然草の原文の中から唯一引用したのが、第百三十七段の冒頭部だった。つまり、正徹はこの段にこそ、徒然草の大きな到達点を見出したのである。しかし正徹は、たんに花や月といった自然の美しさをどう捉えるかということが書かれている段であるから、この段を称賛したのではない。この長大な段の中で、すぐれて的確な表現によって、自然をどう捉え、外界に対してどのように振る舞い、人生をどう生きるかという、明確な叙述が凝縮して提示されている点にこそ、注目したのではないだろうか。

数ある文学作品の中でも、徒然草がいつの時代にも色褪せぬ稀有な存在として現代まで在り続けているのは、一筋縄ではゆかぬこの世の現実をどう生きるかという思索が書かれているからである。その典型が今読んできた第百三十七段であり、ここで自然や世の中を自分自身の目で捉え直すことが、真に自分自身の人生を新たに生き直すことであると明示できた時、さらなる自在な展開が、後半部で立ち現れてくる。

徒然草の下巻を、章段の順序に沿って読み進めてゆく行為こそが、その生き生きとした筆の滴《したた》りを現前するものとして、読者であるわたしたちに感じさせてくれるのである。

◉第三章

王朝の余薫と兼好の美意識

葵祭の余韻

前章で鑑賞した第百三十七段の第二節（中間部）には、葵祭のことが書かれていた。次に位置する第百三十八段は、おそらくそこからの自然な展開として書かれたのであろう。葵祭で使用した葵の葉を祭が過ぎた後、どのように処分するかを巡る考察が書かれている。と同時にこの段は、時間認識という点で、第百三十七段の第三節（末尾）とも深くかかわる。

大きな器に満たされた水が、細い小さな穴から漏れ出していつかは必ず空になってしまうと述べて、生きられる時間を、刻々と減少するものとして兼好が捉えていたのは、その比喩が具体的であるだけに身につまされる。死の到来の確実性と不可避性。

決して留まらぬ時間の進行。これらを描き切って第百三十七段が終わっていることが、次に位置する叙述の方向性もおのずと決定している。

第百三十八段では、まるでこの時間の流れに抗《あらが》い、その流れを留めようとするかのようなことが書かれているからである。第百三十八段は、単なる王朝懐古の章段ではない。この段に籠められているのは、流れ去り、遠ざかってゆく時間を、言葉の力によって繋ぎ留めようとする文学的な試みである。

第百三十八段は、和歌や詞書、人名や書名がぎっしりと書き込まれ、考証の厳密さを印象づける章段である。まずは、原文を読んだうえで、これらの表現や典拠について考察し、次にこの段の背後に潜む兼好の心情を読み取ってみよう。

祭過ぎぬれば、後《のち》の葵《あふひ》不用《ふよう》なりとて、ある人の、御簾《みす》なるを皆取らせられ侍《はべ》りしが、色もなく覚え侍りしを、よき人のし給ふことなれば、さるべきにやと思ひしかど、周防内侍《すはうのないし》が、

懸《か》くれども甲斐《かひ》なきものはもろともにみすの葵の枯葉なりけり

と詠《よ》めるも、母屋《おもや》の御簾に、葵の懸《か》かりたる枯葉を詠めるよし、家の集に書けり。

古き歌の詞書に、「枯れたる葵に差して遣《つか》はしける」とも侍り。『枕草子』にも、「来《こ》し方《かた》恋しきもの、枯れたる葵」と書けるこそ、いみじく懐かしう思ひ寄りたれ。鴨長明が『四季物語』にも、「玉垂《たまだれ》に後の葵は留《と》まりけり」とぞ書ける。己《おの》れと枯るるだにこそあるを、名残《なごり》なく、いかが取り捨つべき。

御帳に懸かれる薬玉《くすだま》も、九月九日、菊に取り換《か》へらるるといへば、菖蒲《しやうぶ》は菊の折《をり》までもあるべきにこそ。枇杷皇太后宮《びはのくわうたいこうくう》、隠れ給ひて後、古き御帳《みちやう》の内に、菖蒲・薬玉などの枯れたるが侍りけるを見て、「折ならぬ根をなほぞ懸けつる」と、弁乳母《べんのめのと》の言へる返り事に、「あやめの草はありながら」とも、江侍従《がうじじゆう》が詠みしぞかし。

第百三十八段は、大きく二つの部分から成り立っている。前半部は、葵祭の時に御簾に差した葵をある人が、祭が終わると直ちに取り捨てさせたことを目撃して、兼好が不審に思ったことが書かれている。しかもそれが「よき人」、つまり、身分も高く教養もある人だったので、なおさら兼好は疑問に感じたのだった。彼は、「よき人」が葵をすぐに捨てさせたという、たった一つのなにげない振る舞いを、『周防内侍《すおうのないし》集《しゅう》』以下のさまざまな和歌や散文によって検証して、この振る舞いの反証となる事例をいくつも挙げている。

周防内侍も、藤原実方も、平安時代の歌人である。彼らの和歌を集めた『周防内侍集』といい、『実方中将集』といい、兼好は王朝時代の歌人たちの家集にも広く眼を通しているし、何よりも注目すべきは詞書を詳しく読んでいる。

第百三十七段でも、「歌の詞書にも、『花見に罷《まか》れりけるに、はやく散り過ぎにければ』とも、『障《さは》ることありて罷らで』なども書けるは、『花を見て』と言へるに、劣れることかは」とあり、詞書の表現に触れている。第百三十八段の表現も、そこと響き合っており、兼好が和歌の詞書に強い関心を持っていたことを表している。和歌の表現に関心を持ち、歌をよく記憶しているのは、歌人でもあった兼好ならではのことだが、「詞書」という散文で書かれた表現もよく読み、印象深く記憶していたことは、注目に価する。

第百三十八段の後半部では、枯れた葵をずっと差したままでいることの類例として、端午の節句の薬玉や菖蒲も、五月五日から九月九日までそのままにしておくことを、『千載和歌集』の贈答歌と詞書から引用して考証している。ここでも注目点は、兼好が詞書を含むものとして和歌を把握していることである。

葵の枯葉は何の象徴か

ところで、この段において表現の出典探しに劣らず大切なのは、ここに籠められた兼好の現実への抵抗を読み取ることであろう。「よき人」と思っていた人でさえ、葵祭の余韻をいつまでも愛《め》でたりせずに、さっさと枯葉を捨てさせてしまうようになっていた時代の感覚。そのような時代の推移に対する、低く静かな異議申し立てが、この章段を書かせたと考えられる。

青葉のままで、葵がずっと残るはずはない。時間が経《た》つにつれて、みずみずしかった青葉も枯れて変色してしまう。茶色になってしまった葉に、もはや何の美も情感も感じられなければ、それは単なる枯葉であり、汚らしく捨て去るべきものとしか思えなくなる。

しかし、「枯れたる葵」とは、たとえてみれば、時間が経過することのかけがえのなさを見せてくれる、小さく穿《うが》たれた窓のようなものである。葵の枯葉を捨てずに留めておくことが、初夏の葵祭を思い出させると同時に、それ以来の時間の経過をも振り返らせてくれる。だからこそ兼好は、葵の枯葉を捨てることが、時間の流れを切り捨て、人間の優美な精神を捨て去る行為として、看過できなかったのである。数々の古典作品の中から優雅な時代精神を掬《すく》い上げ、言葉によって再現することで、もう一度、時代の流れを押し留めようとしたのが、第百三十八段である。

王朝文化を甦らせる試み

第百三十八段が、葵祭の余韻を葵の枯葉で留めようとする王朝時代以来の美意識の称揚であったとすれば、それに続く第百三十九段も、『枕草子』の文体を真似ることによって、失われつつある王朝文化を、言葉によって呼び戻す試みであったと考えてよいだろう。

兼好にとって『枕草子』は、『古今和歌集』や『伊勢物語』や『源氏物語』と並んで、王朝文化の象徴であったろう。ただし、「古今・伊勢・源氏」は鎌倉時代にすでに古典の代表となっていたが、これら三作品と比べると『枕草子』はそれほど広く読まれたり、重んじられたりしていたわけではなかった。鎌倉時代に書かれた物語に関する評論書である『無名草子』には、『枕草子』が、『源氏物語』とともに女性の書いた作品として高く評価されているが、『枕草子』から直接の影響を受けて生み出された作品は意外に少ない。中世の和歌では「本歌取り」が盛んで、「古今・伊勢・源氏」はその源泉であったが、『枕草子』の本歌取りはあまり見られない。それくらい歌人たちにとって、『枕草子』は注意を引いていなかったということだ。

それに対して、『枕草子』の再発見者は兼好であるとさえ言えるほど、徒然草には『枕草子』の影響が強い。正徹も、「徒然草のおもふりは、清少納言が枕草子の様也《やうなり》」と書いているくらいである。当時、兼好以外に、樹木や草花の美しさを和歌でなく散文で書き留める人間がどこにいたろうか。『枕草子』の生彩に満ちた木々や花々を、徒然草という中世の庭に移し植えたのが、第百三十九段である。

しかし土壌が違えば、咲く花の色が変わることもあるだろう。兼好にとっての『枕草子』は、ただ単に傾倒するだけの作品ではない。むしろ真価を正当に理解しているからこそ、ある場合には、明らかに『枕草子』に対抗意識を燃やすこともある。たとえば、徒然草の第十九段「折節《をりふし》の移り変はるこそ、ものごとにあはれなれ」の章段は、『枕草子』冒頭の「春は曙」の段への対抗を試みたもので、清少納言が四季それぞれの最高の瞬間を切り取る方法で書いているのと違って、兼好の場合は、季節を連続的な推移として捉えている。

第百三十九段は、まず最初に樹木を挙げ、次に草を列挙し、最後に短い批評的な感想を付して終わるので、『枕草子』における「木の花は」「草は」「草の花は」などという書き方との類似性が目に付く。したがって第百三十九段は、「家にありたき」という設定自体には兼好の独自性を認めるものの、全体的には『枕草子』の影響下にある章段と考えられがちである。そのような捉え方が第百三十九段の段落分けにも反映し、最初に樹木の部分、次に草の部分、最後に感想部分というように、三段落に分けられることが多い。

しかし、よく読んでみると第百三十九段は、『枕草子』を十分に意識しているとしても、樹木と草花に分類して、それぞれを思いつくままに列挙しているのではなく、書き進めてゆくうちに植物を季節の順序に従って書き連ねる方向へと発想が大きく転換していることが読み取れる。したがってここでは、原文を、春・夏・秋の季節の推移によって、分けて掲げた。


家にありたき木は、松・桜。松は、五葉《ごえふ》もよし。花は、一重《ひとへ》なる、よし。八重桜は、奈良の都にのみありけるを、この頃ぞ、世に多くなり侍《はべ》るなる。吉野の花・左近《さこん》の桜、みな一重にてこそあれ。八重桜は、異様《ことやう》のものなり。いとこちたく、捩《ね》ぢけたり。植ゑずともありなん。遅桜《おそざくら》、またすさまじ。虫の付きたるも、むつかし。梅は、白き・薄紅梅《うすこうばい》。一重なるが、疾《と》く咲きたるも、重なりたる紅梅の、匂ひめでたきも、皆をかし。遅き梅は、桜に咲き合ひて、覚え劣り、気圧《けお》されて、枝に萎《しぼ》み付きたる、心憂《う》し。「一重なるが、まず咲きて散りたるは、心疾《と》く、をかし」とて、京極入道中納言は、なほ、一重梅をなん、軒近く植ゑられたりける。京極の屋《や》の南向きに、今も二本《ふたもと》侍るめり。柳、またをかし。

卯月《うづき》ばかりの若楓《わかかへで》、すべて、よろづの花・紅葉《もみぢ》にも勝りて、めでたきものなり。橘・桂《かつら》、いづれも木は、もの古《ふ》り、大きなる、よし。草は、山吹・藤・杜若《かきつばた》・撫《なでし》子《こ》。池には、蓮《はちす》。

秋の草は、荻《をぎ》・薄《すすき》・桔梗《きちかう》・萩《はぎ》・女郎花《をみなへし》・藤袴《ふぢばかま》・紫苑《しをに》・吾亦紅《われもかう》・刈萱《かるかや》・竜胆《りんだう》・菊。黄菊も。蔦《つた》・葛《くず》・朝顔。いづれも、いと高からず、ささやかなる、垣に繁からぬ、よし。

この外《ほか》の、世に稀なるもの、唐《から》めきたる名の聞きにくく、花も見慣れぬなど、いと懐かしからず。大方《おほかた》、何も珍しくありがたきものは、よからぬ人のもて興ずるものなり。さやうのもの、なくてありなん。

まず、松と桜を併称して始まり、松は五葉松もよい、としたところから桜の種類の品評に入る。桜は一重のあっさりしたものがよく、八重桜はくどいので植えなくてもよい。遅く咲く桜も、虫が付いたりしていて嫌だ、と述べる。次の部分は梅の品評で、梅の場合は一重も八重もよしとするが、「京極入道中納言」すなわち藤原定家が一重の梅を愛好したことに触れているので、どちらかと言えば、やはり一重の梅花を賞美しているのだろう。このあたり、兼好は自分の好き嫌いの感情をはっきりと書いている。柳までは、春の季節である。

次に、「卯月ばかりの若楓」の部分からは、季節が夏に移行する。楓の若葉を、桜や紅葉よりもすばらしいとする兼好の美意識に注目したい。桜と紅葉の美しさは古来、和歌や物語で繰り返し描かれてきたが、それらと比べると初夏の新緑の美は、古典の世界ではそれほど愛好されていない。近代になってこそ、詩歌や小説などで初夏の爽やかな情感が美しく描かれるようになったが、「卯月ばかりの若楓、すべて、よろづの花・紅葉にも勝りて、めでたきものなり」とまで書いたところに、兼好の個性がよく表れている。ただし、初夏の若葉の美しさが、古典の中で描かれていないわけではない。たとえば、『源氏物語』にも、次のような例が見える。

いと、さしも聞こえぬ物の音《ね》だに、折《をり》からこそは勝るものなるを、はるばると物の滞《とどこほ》りなき海面《うみづら》なるに、なかなか、春・秋の、花・紅葉の盛りなるよりは、ただそこはかとなう茂れる蔭《かげ》ども艶《なま》めかしきに、水鶏《くひな》のうち叩きたるは、誰《た》が門《かど》さして、とあはれに覚ゆ。（明石《あかし》巻）

雨のうち降りたる名残《なごり》の、いとものしめやかなる夕《ゆふ》つ方《かた》、御前《おまへ》の若楓・柏木《かしはぎ》などの、青《あを》やかに茂り合ひたるが、何となく心地よげなる空を見出《い》だし給ひて、「和して、また清し」と、うち誦《ずん》じ給うて……（胡蝶《こちよう》巻）

兼好が『源氏物語』をよく読んでいたことは徒然草のあちこちから窺われるので、これらの巻々が、彼の脳裏をよぎっていたとも考えられる。それでも、第百三十九段の原文で、若楓に続けて、橘と桂の木を挙げている点に、兼好の初夏の季節への愛好が一層顕著に見える。なぜなら、橘といえば、その花が咲く初夏の情景と一番結びつくし、桂の木は、徒然草の第百四段の、ある人から聞いた回想談の中に、「梢も庭も、めづらしく青み渡りたる卯月ばかりの曙、艶に、をかしかりしを思《おぼ》し出《い》でて、桂の木の大きなるが隠るるまで、今も見送り給ふとぞ」と書かれているからである。

この第百四段は、『源氏物語』花散里《はなちるさと》巻との類似も指摘されており、しかも花散里巻では、「大きなる桂の木の追風《おひかぜ》に、祭の頃思《おぼ》し出《い》でられて」ともある。したがって、兼好がこのあたりを書き進めている際には、再び葵祭の頃の季節感が甦っていると考えられる。

山吹と藤は、勅撰和歌集では晩春の花とされるが、杜若・撫子・蓮は明らかに夏の景物であり、それに続いて「秋の草は」という展開になっているのであるから、第百三十九段は、一見、樹木と草花を分けて列挙しているように見えて、実は季節の推移に従って書かれていることが明らかになったのではないだろうか。

松のことや、梅よりも先に桜のことを書いている書き出しの部分では、まだ兼好は季節の推移に従って書こうという方針を決定してはいない。しかし、「心に移りゆくよしなしごと」を書いてゆくうちにいつのまにか、季節の移り変わりという時間の流れに沿って、植物を描くようになったのである。

徒然草の清新さ

第百三十九段は、『枕草子』の「木の花は」や「草の花は」などの段と比較すると、『枕草子』の詳細で精緻な鋭い感覚的観察よりは見劣りするように感じられるかもしれないが、樹木と草花の列挙が、季節の進行に従っているという時間構造を持っている点に、兼好らしさが表れている。

兼好は決して『枕草子』を模倣することに終わらず、彼自身の時間意識の上に、樹木と草花への自分の趣味・愛好を描いた。草木の美しさも、兼好の時間認識の中で活《い》け直されることによって、生気を取り戻し、新しく見直されるのである。

第百三十七段から第百三十九段までの三つの章段を大きく捉えてみれば、時間の流れに耳を澄ます兼好の姿が浮上してくる。満開の花だけでなく蕾から残花までを愛《め》でることは、時間の流れのすべての瞬間を愛でることであり、人間の生とは、刻々と死に至る時間の経過であり、葵の枯葉には祭の時間が凝縮されている。自宅に植えて常に愛でていたい草木は、春から秋へと季節ごとにそれぞれの季節のすばらしさを実感させてくれる。せわしなく実利的な価値観へと移行する時代の風潮から離れて、兼好が時間の本質を思う時、遠い王朝時代の美意識がかけがえのないものとして再認識されたのである。だから、このあたりの記述は、単なる過去への憧憬や追慕ではなく、もっと積極的な美意識の再生であり、兼好の時間認識の表れであると解釈できよう。

◉第四章

人間観さまざま

簡素な生活こそが生き方の美学

第百三十九段の末尾で、「大方、何も珍しく、ありがたき物は、よからぬ人のもて興ずる物なり。さやうのもの、なくてありなん」と述べて、珍奇な物やめったに手に入らないような物を尊ぶのは、つまらぬ人間のすることだ、そのようなものはなくてよいのだ、と述べたのを受ける形で、第百四十段が書き始められている。この段はごく短い、しかも表現のどこにも難解な言葉がなく、まるでたった今書かれた文章のようなわかりやすさである。「徒然草スタイル」の典型と言ってよいだろう。第百四十段の全文を、次に掲げよう。

身死して財《たから》残ることは、智者のせざるところなり。よからぬ物蓄《たくは》へ置きたるも拙く、よき物は、心を留《と》めけんと、はかなし。こちたく多かる、まして口惜《くちを》し。「我こそ得め」など言ふ者どもありて、後《あと》に争ひたる、様悪《さまあ》し。後《のち》は誰《たれ》にと志す物あらば、生けらんうちにぞ譲るべき。朝夕《あさゆふ》、なくて叶《かな》はざらん物こそあらめ、その外《ほか》は何も持たでぞ、あらまほしき。

この第百四十段は、財産という物によって象徴される「人間の生き方」について書かれている。自分が死んだ後、財産が残ることは、知恵ある者のすることではない。大した価値のない物を蓄めこんであるのも情けないし、すばらしい物だとしても、それに執着していたのだなあと、はかない気がする。財産がこちたく多い、つまりひどく多いのは、まして残念である。その遺産を狙って、「わたしがぜひとも相続しよう」などと言い出す者たちがいて、相続争いになったりするのは、みっともない。自分の死後に誰かに与えようという心づもりの物があるならば、生前に譲っておくべきだ。いろいろ煩わしいことにならないように、また余計な執着心を持たぬためにも、日常生活になくてはならない必需品だけにして、それ以外の物は所持しないのが望ましい。

このように第百四十段に書かれていることは、そのまま現代人にも通用することだろう。

第百四十段は、これに続くいくつかの章段で、人間の生き方をめぐる話題を描くのを導き出す役割も果たしているのだが、後続の章段に移る前に、この段が文学史の流れの中で、どのような他の作品との繋がりを有しているか考えてみよう。徒然草の章段は、徒然草自体の内部で理解するだけでなく、文学史の流れの中で捉え直してみる必要もあるからである。

「知恵伊豆」松平信綱の名裁き

第百四十段は、物質的なものに執着しない生き方を説いているが、それが本人の生き方という視点のみに貫かれず、死後の近親者たちへの影響という視点をも含むことが、徒然草らしい。つまり、死後の財産争いという、きわめて日常的な場面を想定することによって、質素な生活というものが、出家への心構えとしてばかりでなく、日常生活での近親者への配慮という形で描かれているからである。この観点を跳躍台として徒然草の第百四十段は、中世仏教説話の世界から、近世の裁判記録の世界へと大きく飛び立ってゆくのである。

「知恵伊豆」と称された松平信綱（一五九六〜一六六二）の事跡をまとめた書物に、『事《じ》語継志録《ごけいしろく》』（『続々群書類従』第三所収）がある。その中に、京都の某寺の住持の死後、二人の弟子が遺産相続争いを起こした事件を、信綱がいかに裁いたかという記録が書き留められている。二人の弟子はどちらも、自分が遺産を相続する正当性を主張して譲らなかった。それぞれの主張を聞いたうえで、信綱は次のような質問をした。

信綱公、聞かせ給ひ、「公事《くじ》の是非は、立てられず。各々《おのおの》の師匠は、道心ありや」と尋ね給へば、「なかなか、得道《とくだう》・経釈《きやうしやく》、超過《ちやうか》いたし、内典《ないてん》・外典《げてん》にも暗からず、隠れなき僧にて、人の存じたる人なり。手跡《しゆせき》までよく、詩文においても暗からず。この御一座の衆中にも、御存じの御方もありなん」などと、居丈高《ゐたけだか》になりて申す。

信綱の質問は、この後に続く質問の伏線となるものであったが、それに気づかぬ弟子は、「あなた方の師匠の僧は、道心があったのか」と問われて、「もちろん非常にすぐれた得道の僧で、仏典のみならず、それ以外の学識も深く、世間衆知の名僧です。

加えて書道や漢詩文も勝れていたから、この場に居合わせている皆さんの中にも、きっとご存じの方がいらっしゃるでしょう」と切り返す。それを受けて、信綱がさらに質問を続け、弟子が答える場面で、徒然草が重要な役割を果たすことになる。

そこにて、公、宣《のたま》ふは、「師匠、得道、超過の由《よし》にあるならば、糂汰瓶《じんだがめ》一つもあるまじに、先条の茶入釜・財宝あるは、さらに得道の僧とは言はれまじ」と仰《おほ》せければ、その時、僧たちあざ笑ひて、「さやうに思《おぼ》し召すは、『つれづれ』などの仮名草子に記し置きたる趣《おもむき》を御覧《ごらん》なされたると、相《あ》ひ見ゆるなり。吉田兼好は、捨身行者の申したることとなり。我が宗《しゅう》の流儀は、釈尊の説法にて、在家繁盛の儲《まう》けに、相空・愚癡《ぐち》・無智の衆生済度《しゅじゃうさいど》のために、堂塔・伽藍を構へ、威儀を正して、一切の衆生、崇敬致すやうに仕ること、専要なり。この段は、御存じなされざる儀」と言ひければ、列座の評定衆も、「伊豆殿、御返答もなるまじ。兼好が言葉を仰せ述べらるること、さてさて要《い》らざる義」と、少々笑止に相ひ見ける所に、いささかも動転の気色ましまさで、「その方などは、祖師を専一に崇敬か」と御尋ねありければ、「御尋ねまでもなく、釈迦・達磨、代々の祖師の教へを守らずして、何事か崇び申すべきや」と御返答申し上げげらる。「それは、必定《ひつぢやう》か」と再び仰せられけれぱ、御疑ひに及ばざる旨を御挨拶なり。「しからぱ、『本来無一物』と言ふは、祖師の面目にてはなきや。衆生済度のために、財宝は要《い》るまじきは、いかに、いかに」と宣へぱ、その僧ども、一言の御返答に及ばず。

長い原文の引用だったので、かいつまんで内容を記しておこう。信綱は、「もし本当に立派な僧だったならば、糂汰瓶（糠味噌《ぬかみそ》を入れる壺）一つも持っていないはずなのに、相続争いの基になっている茶入釜などの財宝があるのはおかしい」と述べている。そもそもこの遺産が不正な手段による蓄財ではないのか、と疑っているニュアンスさえ言外に漂わせた発言である。

信綱の「糂汰瓶一つもあるまじに」という部分は、もともとの原典は中世の法語集である『一言芳談《いちごんほうだん》』だが、徒然草の第九十八段に、「後世《ごせ》を思はん者は、糂汰瓶一つも持つまじきことなり。持経《ぢきやう》・本尊に至るまで、よき物を持つ、よしなきことなり」と書かれている。だからこそ僧たちは、「そのようなことは、あの世捨人の兼好が書いた徒然草に書かれていることだが、我々の宗派は違うのだ。立派な堂塔や伽藍を建てて、無智な人々を救うのだ」と反論する。信綱にも僧たちにも、徒然草が共通の教養となっていることがよくわかる場面である。

このやりとりを聞いていた他の評定衆は、なまじ信綱が徒然草などを持ち出したのがかえって逆効果になったのではないかと、顔を見合わせて困惑している。この窮地を信綱は、「本来無一物」という仏教の根本教義によって挽回し、僧たちもとうとう脱帽した、というのが裁判の顚末《てんまつ》だった。

江戸時代の裁判で徒然草の言葉が引用され、重要な場面展開を切り開いているのが面白い。ここで直接に引用されている段は第九十八段であったが、この争いの内容はむしろ、第百四十段そのものである。生前に蓄財に励んだ僧といい、その遺産を争う弟子たちといい、まさに第百四十段で兼好が書いている「身死して財残ることは、智者のせざるところ」であり、「後に争ひたる、様悪し」である。

第百四十段は、そこだけ切り出して読んでも、叡知に満ちており、しかもそれがごく普通のわかりやすい言葉で書かれていることが表現上の特色だと言える。ここで述べられているような、名利を貪らない簡素な生き方は、それ以前の章段でも繰り返し書かれていたことだが、この段ほど兼好自身の言葉で語られている段はない。『論語』

や『荘子』などに典拠を持つ言葉を使わずに書いていながら、人間の生き方の深い真実を描き切っている。

語る言葉のリアリティ

次の第百四十一段からの連続する六つの章段は、すべて人間をめぐる段であり、第百四十段以前の数段で主として書かれていた自然や季節の美意識は、これ以後しばらくは影を潜める。

第百四十一段と第百四十二段はまるで一対のような段で、どちらも意外な人の意外な発言によって、人間性の真実が明らかになる。第百四十一段の全文を掲げよう。

悲田院《ひでんゐんの》尭蓮上人は、俗姓は三浦の某《なにがし》とかや、双《さう》なき武者なり。故郷《ふるさと》の人の来《きた》りて、物語すとて、「吾妻人《あづまびと》こそ、言ひつることは頼まるれ、都の人は、言承《ことうけ》のみよくて、実《まこと》なし」と言ひしを、聖、「それは、さこそ思《おぼ》すらめども、おのれは都に久しく住みて、馴れて見侍《はべ》るに、人の心劣れりとは思ひ侍らず。なべて、心柔《やはら》かに情《なさけ》ある故に、人の言ふほどのこと、けやけく否《いな》び難《がた》くて、よろづ、え言ひ放たず、心弱く言承《ことうけ》しつ。偽りせんとは思はねど、乏《とぼ》しく叶はぬ人のみあれば、自《おの》づから、本意《ほい》通らぬこと多かるべし。吾妻人は、我が方《かた》なれど、げには、心の色なく情おくれ、偏《ひとへ》に健《すぐ》よかなるものなれば、始めより否と言ひて、止《や》みぬ。賑《にぎ》はひ豊かなれば、人には頼まるるぞかし」と判断《ことわ》られ侍りしこそ、この聖、声うち歪《ゆが》み、荒々しくて、聖教《しやうげう》の細やかなる理《ことわり》、いと弁《わきま》へずもやと思ひしに、この一言の後、心憎くなりて、多かる中に、寺をも住持《ぢゆうじ》せらるるは、かく柔らぎたる所ありて、その益《やく》もあるにこそ、と覚え侍りし。

この章段の面白さは、読む人によってさまざまであろう。まず何よりも、尭蓮上人が自分の実体験に基づいて、生き生きとした口調で人間観を語る様子が目に浮かび、なるほどと頷かされる。徒然草に限ったことではないが、すぐれた文学作品が持つ魅力とは、書かれた言葉を通して、人間の肉声が時代を越えて読者の心に到達することにある。

また、上人が京都の人々の柔弱な性格をよく見極めていることに心を深く動かされた兼好が、彼に対して自分の認識不足を反省している点も読み所である。京都と東国の文化や人情の比較が明確に書かれていることや、当時の東国の経済的な優位性がわかることも貴重な資料となっている。徒然草は文学作品であるが、歴史や地域研究のための文献ともなりうるものを含んでいる。

第百四十二段も、坂東武者の意外な一言に兼好が共感した段である。徒然草においては、「よき人」という言葉で象徴される、身分も教養もある都会人が、兼好の代弁者となって登場することが多いが、第百四十一段も第百四十二段も、関東武士出身の人々の発言に、都会人である兼好が共鳴している点が注目される。

心なしと見ゆる者も、よき一言《ひとこと》、言ふものなり。ある荒夷《あらえびす》の恐しげなるが、傍《かたへ》に会ひて、「御子《おこ》は、おはすや」と問ひしに、「一人も、持ち侍らず」と答へしかば、「さては、もののあはれは知り給はじ。情《なさけ》なき御心にぞ、ものし給ふらんと、いと恐し。子故《ゆゑ》にこそ、よろづのあはれは思ひ知らるれ」と言ひたりし、さもありぬべきことなり。恩愛《おんあい》の道ならでは、かかる者の心に、慈悲ありなんや。孝養《けうやう》の心なき者も、子持ちてこそ、親の志《こころざし》は思ひ知るなれ。

第百四十二段の書き出しは、ある東国武士が、子どもを持って初めて、愛情や思いやりなどの人間としての暖かい心を持つことができるのだ、と述べたことへの共感が記されている。彼が恐ろしげな外見にもかかわらず、優しい情感を示したことが意外だったのである。前段で尭蓮上人の意外な発言を書いたことからの連想で、この話を思い出して書いたのだろう。

こうして他人の発言を書き留めているうちに、彼自身の考えもまた湧き上がってきたのだと思われる。第百四十二段では引き続いて、親子の情愛という、きわめて個人的な感情の発露を、政治論へと転換している。徒然草にはここ以外にも、政治に関する兼好の考えが示されている段がある。たとえば、第二段では倹約に基づく政治論が述べられていたが、第百四十二段の政治論は、それと比べると、人間の心理の襞《ひだ》に分け入ったものとなっている。盗みという、目に見える違法行為が、なぜ、どこから生じたのか、その背景を考えている。現象の表面ではなく、その背後に隠されている人間の心の深い真実を、兼好は見抜いて、「まことに、愛《かな》しからん親のため、妻子《さいし》のためには、恥をも忘れ、盗みもしつべきことなり。されば、盗人を縛《いまし》め、僻事をのみ罪《つみ》せんよりは、世の人の餓ゑず、寒からぬやうに、世をば行はまほしきなり」と書いている。次に続く第百四十三段もまた、兼好が自分の考えを明確に述べる段になっている。

人間の末期はどうあるべきか

第百四十三段は、人間の臨終をめぐる人々の反応と、それに対する考えを述べた段である。

> 人の終焉の有様《ありさま》のいみじかりしことなど、人の語るを聞くに、ただ、静かにして乱れずと言はば、心憎かるべきを、愚かなる人は、怪《あや》しく異《こと》なる相《さう》を語りつけ、言ひし言葉も振舞《ふるまひ》も、己《おの》れが好む方《かた》に誉《ほ》めなすこそ、その人の日頃の本意《ほい》にもあらずやと覚ゆれ。この大事は、権化《ごんげ》の人も、定むべからず。博学の士も、測るべからず。己れ違《たが》ふ所なくは、人の見聞くには、よるべからず。

ここで兼好が述べている臨終のありさまについてのさまざまな話は、中世の仏教説話集で、不可思議な話としてよく描かれている。たとえば、臨終の時に紫雲がたなびいたとか、よい香りが漂ったとか、妙なる音楽が聞こえたなどという話が書かれ、それが極楽往生のしるしとされている。したがって、ここで兼好が批判しているのは、そのような仏教説話集に描かれているような誇張された臨終のありさまであると考えてよいだろう。

死というものは、まず第一に本人にとっての「大事」であるにもかかわらず、他人がそれぞれの価値判断を交えて好都合なように、大袈裟に事実から離れて語ってしまうことへの強い不快感を、兼好は書いている。なぜなら、それらの語りは多くの場合、彼らの真実の心から発するかけがえのない発言ではなく、紋切型であったり誇張されたものであったりするからである。

三人三様

その次の第百四十四段から始まる三つの章段には、三人の人物の個性的な姿が描かれている。兼好は第百四十二段後半と第百四十三段で自分の考えを述べたが、ここから再び他人の言動を描く章段が並ぶ。この三つの章段に共通するのは、どれも人々が発した言葉をめぐる段であるということである。

兼好は徒然草の中に多くの人間を登場させているが、その描き方の特徴の一つとして、人々の言葉を書き留めるという方法が採られている。人々の発言を通して、本人の個性を簡潔に描き出したり、普遍的な人間の姿を浮かび上がらせたりする。第百四十四段から第百四十六段までの本文を、まとめてここで掲げておこう。

栂尾《とがのを》の上人《しやうにん》、道を過《す》ぎ給ひけるに、河にて馬洗ふ男《をのこ》、「あしあし」と言ひければ、上人立ち止まりて、「あな、尊《たふと》や。宿執開発《しゆくしふかいほつ》の人かな。阿字阿字《あじあじ》と唱ふるぞや。如何《いか》なる人の御馬ぞ。余りに尊く覚ゆるは」と尋ね給ひければ、「府生殿《ふしやうどの》の御馬に候《さうら》ふ」と答へけり。「こは、めでたき事かな。阿字本不生《あじほんふしやう》にこそあなれ。うれしき結縁《けちえん》をも、しつるかな」とて、感涙を拭《のご》はれけるとぞ。（第百四十四段）

御随身《みずいじん》・秦重躬《はたのしげみ》、北面《ほくめん》の下野入道信願《しもつけのにふだうしんぐわん》を、「落馬《らくば》の相《さう》ある人なり。よくよく慎み給へ」と言ひけるを、いとまことしからず思ひけるに、信願、馬より落ちて死ににけり。道に長《ちやう》じぬる一言、神の如《ごと》しと、人思へり。さて、「如何《いか》なる相ぞ」と人の問ひければ、「極《きは》めて桃尻《ももじり》にして、沛艾《はいがい》の馬を好みしかば、この相を負《お》ほ

せ侍りき。何時《いつ》かは、申し誤《あやま》りたる」とぞ言ひける。（第百四十五段）

明雲座主《めいうんざす》、相者《さうじや》に会ひ給ひて、「おのれ、もし兵杖《ひやうぢやう》の難《なん》やある」と尋ね給ひければ、相人《さうにん》、「まことに、その相おはします」と申す。「如何《いか》なる相ぞ」と尋ね給ひければ、「傷害《しやうがい》の恐れ、おはしますまじき御身《おんみ》にて、仮《かり》にもかく思《おぼ》し寄りて尋ね給ふ、これ既に、その危《あやぶ》みの兆《きざ》しなり」と申しけり。果たして、矢に当たりて失《う》せ給ひにけり。（第百四十六段）

こうして、三つの章段を連続して読んでみると、これらの段の特徴が、より一層はっきりとわかる。第百四十四段は、「栂尾の上人」こと明恵《みようえ》が道で出会った、馬を洗う男の言葉を、梵語《ぼんご》と聞き違えた話が書かれている。その直前の第百四十三段で兼好が批判的に書いていた、仏教説話的なありえないような話と異なり、明恵の純粋な宗教心をよく表している。

この話は、他の説話集や明恵の伝記などにも見えないようで、徒然草独自のものである。しかし、このほんの一刷《は》けのデッサンによって、明恵の人柄が印象づけられる。これを読めば、兼好は決して宗教的なものに対して否定的でないのがわかる。兼好が否定しているのは、わざと物事を大袈裟に語ったり、他人の心の領域に無遠慮に踏み込むようなことである。明恵の聞き違いは、一見あまりにも他愛ないものであるが、彼自身の心から発しており、しかも彼の心にそのまま戻ってくる点で、兼好は尊い感動を受けたのではないだろうか。

第百四十五段は、馬に関する話という点、および兼好が他人の発言に着目している点では、前段の明恵上人の話と繋がるが、予想や予感が的中した話という点では、次の第百四十六段と一対になっている。

落馬して死んだ信願は、平生から「沛艾《はいがい》の馬」、つまり気性が荒い馬を好んで乗っていたから、そのことを知っていた秦重躬が注意するように言ったのだった。また、比叡山の僧を代表する天台座主という高い地位にあって、争乱の場とは無関係なはずの明雲が、危害を恐れてわざわざ自分に「兵杖の難」があるかと尋ねること自体が不自然であるから、そのことをもって難があると答えた人相見《にんそうみ》の発言も説得力のあるものとなっている。

第百四十五段と第百四十六段は、どちらも合理的な判断に基づく予想の的中が書かれている章段だった。なお、以上の三つの章段は、明雲が流れ矢に当たって死んだのが、寿永二年（一一八三）で一番古く、次が明恵の話、秦重躬は後宇多上皇に仕えていたから、兼好と同時代の話である。

さまざまな人間の発言集

第百四十段から第百四十六段までに描かれていたのは、一言でまとめれば、さまざまな人間が語った「この世の真理に触れる発言集」ということになる。その中には兼好自身の発言も入るし、東国の武士たちや高僧やその道の専門家たちもあった。むしろ、都の貴族が出てこない点に注目すべきかもしれない。このことは、兼好が現実の日常生活の中で関心を持ってその言動を注視する人々の幅が、広がってきていることを示していよう。

兼好は人間を捉える時に、人々の無言の行為や沈黙を重視するのではなく、生き生きと発せられた言葉によって、人間の輪郭をくっきりと描き出した。明恵や明雲のような人々も、型にはまった高僧としてではなく、兼好の眼を通して興味深く感じられた意外な側面が書き留められている。それが徒然草の魅力の源泉となっているのである。

◉第五章

深まる批判精神

名人になるための心得

本章では、徒然草の第百五十段から第百六十六段までを取り上げ、兼好が人間のありかたや世間というものをどのように捉えていたか、そして、目に見える現象の背後にどのような真実を透視していたか、ということを考えてみたい。このあたりの兼好の視点は、外界と内界を合わせ見る態度が看取される。

第百五十段と第百五十一段の連続する二つの章段では、芸道に関する話題が取り上げられている。この二段は相互補完的であり、まず第百五十段で芸道の上達の仕方を述べておいて、次の第百五十一段では、芸道もあまり深入りしない方がよいと述べる。したがって、この章段展開は、ある意味でかなり皮肉なものである。

ただし、ここで注目すべきは、書き方の柔軟性である。ある一つのテーマを追究した直後に、それを相対化するような書き方は、徒然草の下巻で徐々に顕著になってくるが、その萌芽がこのあたりに見られる。第百五十段の本文を、次に掲げよう。

能をつかんとする人、「よくせざらんほどは、なまじひに人に知られじ。内々《うちうち》よく習ひ得て、さし出《い》でたらんこそ、いと心憎からめ」と常に言ふめれど、かく言ふ人、一芸も習ひ得ることなし。いまだ堅固片秀《かたほ》なるより、上手《じやうず》の中《なか》に交りて、毀《そし》り笑はるるにも恥ぢず、つれなく過ぎて嗜《たしな》む人、天性《てんぜい》、その骨《こつ》なけれども、道に泥《なづ》まず、濫《みだ》りにせずして、年を送れば、堪能《かんのう》の嗜まざるよりは、終《つひ》に上手の位《くらゐ》に至り、徳たけ、人に許されて、双《ならび》なき名を得ることとなり。天下のものの上手といへども、始めは、不堪《ふかん》の聞こえもあり、無下《むげ》の瑕瑾《かきん》もありき。されども、その人、道の掟《おきて》正しく、これを重くして放埒《ほうらつ》せざれば、世の博士《はかせ》にて、万人の師となること、諸道変はるべからず。

「能をつかんとする人」とは、芸道を身につけようと志す人、という意味である。何の芸能であれ、未熟なうちはこっそり習っておいて、上達したうえで披露したら奥床《ゆか》しくてよいだろう、と人は思いがちだが、それではいつまでたっても上手にはならない、というのが兼好の考えである。下手なうちから上手な人々の中に交じって、笑われても恥をかいても、それを乗り越えてゆけば、もともとの才能はそれほどなくても、いつのまにか名人になれる。天下の名人と言われる人でも、最初は未熟であると言われたり、ひどい欠点もあったのだ。けれども、その道の規範に従ってまじめに修練していけば、立派に権威者となるのであって、これはどのような場合も同じである。第百五十段の大意は、このようになろう。

兼好の意見は、一見逆説的であるが、真理を衝《つ》くものである。芸能の上達ということを、単に技術的なものとしたり、また精神論的なものとせずに、本人と他人の関係の中で捉えている点が面白い。この段に先立つ第百三十四段では、「不堪《ふかん》の芸をもちて、堪能《かんのう》の座《ざ》に列《つら》なり」という姿勢を否定している。「不堪」は下手、「堪能」は上手なことである。

第百五十段で、「いまだ堅固片秀なるより、上手の中に交りて、毀り笑はるるにも恥ぢず、つれなく過ぎて嗜む人」が最終的には名人になるのだ、と述べていることと矛盾するようだが、第百三十四段で言っているのは、自己の限界を知らずに名人気取りでいる人間に対する否定であり、第百五十段は初心者が自己の未熟さを克服し、芸を錬磨するための手段として、名人に交って研鑽を積むことの重要性を述べているのである。

中世という時代は、さまざまな芸能が盛んになり、その道の名人たちが輩出し、種々の芸道論が書かれた時代であった。たとえば、『胡琴教録《こきんきょうろく》』や『教訓抄』のような楽書《がくしょ》（＝音楽書）や、『遊庭秘抄《ゆうていひしょう》』や『蹴鞠条々大概《しゅうきくじょうじょうたいがい》』のような蹴鞠《けまり》に関する専門書や、世阿弥が著した『風姿花伝《ふうしかでん》』（＝『花伝書』）や『花鏡《かきょう》』のような能楽書などがある。歌論書や説話集などにも、名人論・専門家論が書かれている。これらの芸道論と徒然草における書き方がどのように違うのかを考えることは、徒然草の本質を考えるうえで重要な視点となる。その意味で、次の第百五十一段における内容展開は、興味深い。

矛盾章段をどう理解するか

兼好は第百五十段で芸道の極意を記したにもかかわらず、さらに詳しく芸能論や名人論を展開することをせず、次の第百五十一段では一転して、芸の限界について書いている。それまで述べたことを、直後の段で相対化しているのである。

ある人の言はく、「年五十《ごじふ》になるまで上手《じやうず》に至らざらん芸をば、捨つべきなり。励み習ふべき行末《ゆくすゑ》もなし。老人のことをば、人もえ笑はず。衆《しゆ》に交《まじ》はりたるも、あいなく、見苦し」。

大方《おほかた》、よろづのしわざは止《や》めて、暇《いとま》あるこそ、目安《めやす》く、あらまほしけれ。世俗の事に携《たづさ》はりて生涯を暮らすは、下愚《かぐ》の人なり。ゆかしく覚えんことは、学び聞くとも、その趣を知りなば、おぼつかなからずして止《や》むべし。もとより望むことなくして止まんは、第一のことなり。

この段の書き出しは、「ある人の言はく」となっているが、この人物の発言の終わりはいったい、どこまでであろうか。この段の全体（「第一のことなり」まで）が「ある人」の言葉と取ることもできるし、その他の区切り方も可能であろう。そういう意味では、きわめて曖昧な書き方であるし、他人の発言と自分の考えを縒り合わせた書き方でもある。ここでは、「あいなく、見苦し」までを「ある人」の言葉とし、それ以後に書かれている、一事に完全に没入する生き方に対して距離を置く意見は、兼好の感想と取っておきたい。

徒然草には、たとえば第七十五段に書かれているように、「紛《まぎ》るる方《かた》なく、ただ一人あるのみこそよけれ」とか、「いまだ誠の道を知らずとも、縁を離れて身を閑《しづ》かにし、事にあづからずして心を安くせんこそ、しばらく楽しぶとも言ひつべけれ」などという、閑暇を尊ぶ態度が見られるからである。

前段とやや矛盾するような内容を、ここであえて書いたのは、兼好が「ある人」の言葉に強く共感したからであろう。その共感の根底は、この発言が「老人のことをば、人もえ笑はず。衆に交はりたるも、あいなく、見苦し」という、他者との関係を視界に収めたものだったからではないだろうか。前段でも、芸の上達は他人の中でこそ進展するものだという考え方が示されていた。どちらの段も、他者を鏡として自己を相対化することの重要性が強調されているのである。

このように論の流れを理解すれば、第百五十段から第百五十一段への展開はきわめて理にかなったものとなる。ところが一読した時に、この二段の内容が矛盾するように思えたのだろうか、第百五十一段を抹消した写本があったらしい。そのことは、徒然草の最古の写本である「正徹本」に、「写本云く、此《こ》の段、本はみせけちなれども、私《わたくし》に之《これ》を記す」とあることから知られる。

つまり、この段は正徹が見た原本では、「みせけち」になっていたが、正徹はこれを削除せずに、そのまま書き写しておいた、というのである。「みせけち」（＝見せ消ち）というのは、写し間違えた際に、墨で塗りつぶさずに、本文の上に線を引いたり、本文の横に点を打ったりして、その箇所を抹消したことを示す筆写方法である。「烏丸本」にはこのような注記はないが、少なくとも正徹が見た原本では、第百五十一段が消されていたのである。

これは、看過できないことである。いったい、誰が消したのか。現在は伝わっていない兼好の自筆本の段階で、すでに消されていた可能性がないとは断定できないが、それはまずありえないだろう。なぜなら徒然草には、一見すると矛盾するような章段が、他にもいろいろあるからだ。それらの矛盾章段をそのまま併存させていることこそ徒然草の魅力であり、また、兼好の誠実さの表れである。

矛盾撞着《むじゅんどうちゃく》をあとから辻褄合わせすることは、簡単なことである。しかし、人間の心に「移りゆくよしなしごと」は、理路整然と一定方向をめざして突き進んでゆくわけではない。行きつ戻りつして、以前と逆のことを考えたりしながら、さまざまな思いが浮かんでは消え、消えては浮かんでくるというのが、実態ではなかろうか。

第百五十段と第百五十一段の続き具合は、徒然草には芸道論が含まれているにしても、徒然草自体は決して芸道の極意を突き詰めることをめざした書物ではないということを、おのずと示している。兼好が最も重視していることは、自分自身に誠実に対処し、自分にとって本当に価値のある生き方を見出すことである。だからこそ、第百五十一段の後半は、芸道に執着することなく閑雅に暮らすことを、よしとしているのである。

時機を測るものと、測らないもの

徒然草には、現象を通してその背後に存在する真実を見抜く兼好の眼力が発揮されている段が多い。第百五十五段も、そのような章段の一つである。「機嫌」や「ついで」、すなわち物事の訪れる時機について論じている。

世に従はん人は、先《ま》づ、機嫌《きげん》を知るべし。ついで悪《あ》しきことは、人の耳にも逆《さか》ひ、心にも違《たが》ひて、そのこと成らず。さやうの折節《をりふし》を、心得《こころう》べきなり。ただし、病を受け、子生み、死ぬることのみ、機嫌を測らず、ついで悪しとて、止《や》むことなし。生《しやう》・住《ぢゆう》・異《い》・滅《めつ》の移り変はる、まことの大事は、猛《たけ》き河の漲《みなぎ》り流るるが如《ごと》し。しばしも滞《とどこほ》らず、直《ただ》ちに行ひゆくものなり。されば、真俗《しんぞく》につけて、必ず果たし遂げんと思はんことは、機嫌を言ふべからず。とかくの迷《もよ》ひなく、足を踏み留《とど》むまじきなり。春暮れて後、夏になり、夏果てて、秋の来《く》るにはあらず。春はやがて夏の気を催《もよほ》し、夏よりすでに秋は通《かよ》ひ、秋は即ち寒くなり、十月は小春の天気、草も青くなり、梅も蕾《つぼ》みぬ。木《こ》の葉の落つるも、先づ落ちて芽ぐむにはあらず、下《した》より萌《きざ》しつはるに堪《た》へずして落つるなり。迎ふる気、下に設けたる故《ゆゑ》に、待ち取るついで、はなはだ速し。

生・老・病・死の移り来《きた》ること、また、これに過ぎたり。四季は、なほ、定まれるついであり。死期《しご》は、ついでを待たず。死は、前よりしも来《きた》らず、かねて後《うしろ》に迫れり。人皆、死あることを知りて、待つこと、しかも急《きふ》ならざるに、覚えずして来《きた》る。沖の干潟《ひがた》、はるかなれども、磯《いそ》より潮の満つるが如《ごと》し。

この第百五十五段には、自然現象をまるで科学者のように観察する兼好の姿がある。しかも、現象面の指摘に留まらず、そこからこの世の真実を導き出している。また、この段でもう一つ重要なことは、内容の展開の仕方である。徒然草は、冒頭の一文がその段全体を簡潔明瞭にまとめている場合が多かった。特に徒然草の上巻では、その傾向が顕著である。

ところが、この第百五十五段の冒頭の「世に従はん人は、先づ、機嫌を知るべし」という警句のような言葉が、この段全体の主旨になってはおらず、むしろ逆のことが主張の中心となっている。「機嫌」とは、時機のことで、世間の流れに従おうとする人間は何事をするにも時機をよく測ることが大切であると、まず述べてはいる。しかし、その後に展開されているのは、人間の生死のような大事は時機にかかわらないし、本当に大事なことは時機など見測らっていられない、という主張なのである。

四季がきっちりと交替するのではなく、ある季節の中には次の季節がすでに内在していることを見抜く兼好の眼力は、人間の生の中に死が内在していることをも認識している。そして、季節の順序は定まっているが、人間の死は、いつやってくるかわからないという認識が、大事なことは時機など測らずに直ちに行なうべきであるという主張の根拠になっている。

つまり、「春はやがて夏の気を催し」以下の四季の変化を描く部分は、単に四季が連続していることを述べているのではなく、「生・住・異・滅の移り変はる、まことの大事は、猛き河の漲り流るるが如し。しばしも滞らず、直ちに行ひゆくものなり」という、一刻も滞ることなく進行するこの世のありさまの具体例なのである。したがって、現在刊行されている徒然草のテキストや注釈書では、「春暮れて後、夏になり」の部分から段落を改めて改行するものが多いが、ここでは直前との繋がりを重視して続けて読んでみた。

第百五十五段は、「世に従はん人」へのアドバイスを述べたうえで、時機を測るという日常生活での知恵が、実は、より広い視野からは意味の薄いものであり、日常の背後に隠されている真実こそが大切であると指摘している。その論拠となっているのが、季節の変化の観察による現象の発見であり、「沖の干潟はるかなれども、磯より潮の満つるが如し」という、これまた自然観察であるところに、兼好の独自性が見られる。徒然草では抽象的な思索がきわめて日常的な具体例によって描き出される点が魅力であり、説得力となるのである。

事に触れる心

第百五十七段もまた、具体例によって深い真理が書かれている段である。

筆を取れば物書かれ、楽器を取れば音《ね》を立てんと思ふ。盃《さかづき》を取れば酒を思ひ、賽《さい》を取れば攤打《だう》たんことを思ふ。心は、必ず事に触れて来《きた》る。仮にも、不善の戯《たはぶ》れを為《な》すべからず。

あからさまに聖教《しやうげう》の一句を見れば、何《なに》となく、前後の文《もん》も見ゆ。卒爾《そつじ》にして、多年の非を改むることもあり。仮に、今、この文《もん》を広げざらましかば、このことを知らんや。これ則ち、触るる所の益《やく》なり。心、更《さら》に起こらずとも、仏前にありて、数珠《じゆず》を取り、経《きやう》を取らば、怠るうちにも、善業《ぜんごふ》自《おの》づから修《しゆ》せられ、散乱の心ながらも、縄床《じようしやう》に座せば、覚えずして禅定《ぜんじやう》成《な》るべし。

事《じ》・理《り》、もとより二つならず。外相《げさう》、もし背《そむ》かざれば、内証《ないしやう》、必ず熟す。強《し》ひて、不信を言ふべからず。仰《あふ》ぎて、これを尊むべし。

第百五十七段は、先ほどの第百五十五段と照らし合わせて読むと興味深い。第百五十五段では、現象の背後に隠されている真理が書かれていた。一方、この第百五十七段は、外部の世界によって呼び起こされる真理について述べている。どちらの章段も、外界をよく視野に収め、それを自己の中に取り込むことによって、見過ごされがちな真実を発見している。外界は、自己と切り離された別世界ではない。もし、そのことに意識的であるならば。

「心は、必ず事に触れて来《きた》る」という指摘は、いかにも具体例を好む兼好らしい指摘である。人間の内面の心の動きは、必ず外界の何かに触れることによって生じる、というのだ。仏前で数珠を持ち、経を唱えれば、たとえ不熱心でも、いつのまにかよい行いとなるし、気が散っていても、座禅の腰掛けに座れば、自然と真理を悟れる。外形を整えることによって、おのずと内面も充実するという兼好の発想は、自然で柔軟である。

世間の人々への批判

第百六十四段からの連続する三つの章段には、すべて兼好が苦々しく思う人々のありさまが、批判的に描かれている。第百六十四段は短い段であるが、つまらないおしゃべりに対する痛烈な批判である。

世の人、相《あ》ひ逢《あ》ふ時、しばらくも黙止《もだ》することなし。必ず、言葉あり。そのことを聞くに、多くは無益《むやく》の談なり。世間の浮説《ふせつ》、人の是非、自他のために、失《しっ》多く、得《とく》少し。これを語る時、互ひの心に、無益のことなりといふことを知らず。

世間の人々が対面すると、必ずおしゃべりが始まる。その内容たるや、実にくだらない。世間や他人の噂話ばかりで、何の利益にもならない。こんなおしゃべりがどんなに無益かということが、わかっていないのだ、という兼好の観察は厳しい。

ところでこの段は、後の時代になって、武家の家訓書の中にも引用されている。室町時代の武士である伊勢貞親《いせさだちか》が書き残した『伊勢貞親教訓書』に、徒然草の第百六十四段との関わりが見られるのである。この家訓書は貞親が嫡子の貞宗《さだむね》に与えたもので、成立は長禄年間（一四五七〜六〇）とされている。「第一、仏神を信仰し奉るべし」という書き出しから始まり、「人と寄り合はざる者、公界《くがい》にて人とは謂《い》はざる物也。専一《せんいつ》心得べきは、此《こ》の一段也」という最後の教訓にいたるまで、全部で三十八条にわたって日常生活の心得が書かれている。その第二十六条には、兼好の名前を出して、次のように教訓している。

人と知音《ちいん》せんに、兼好法師言ふがごとく、無能なる者と寄り合はんこと、何の詮《せん》かあらん。雑談《ざふだん》にも、かやうの者は、人の上《うへ》、性《さが》賤きことより外《ほか》は言ふべきことなし。一として、後学になること、これあるべからず。

第百六十四段そのままの引用ではないが、内容的には明らかにここを意識して書いていると考えられる。正徹によって徒然草が書写されたのは、一四三一年であったが、長禄年間はそれから約三十年後の時代である。かなり早い時期の徒然草の享受例として、注目すべきであろう。しかも、正徹のような文学者ばかりでなく、武家において徒然草が教訓的に読まれていたことがわかる。
　第百六十五段も短い章段で、直前の段からの発展と考えられる。前段で人々の交際における無益なおしゃべりについて書いたのを受けて、ここでは交際範囲について述べている。

　吾妻《あづま》の人の都の人に交はり、都の人の吾妻に行きて身を立て、また、本寺・本山を離れぬる顕密《けんみつ》の僧、すべて、我が俗にあらずして、人に交はれる、見苦し。

　たった一文からなるごく短い段であるが、京都と東国の交通が盛んになり、人間の交流も盛んになっていた当時の社会のありさまを彷彿《ほうふつ》とさせる。京都の人間が東国に活躍の場を求めることは、すでに鎌倉時代から始まっていたことで、文化面に限っても、たとえば冷泉為相《れいぜいためすけ》（一二六三～一三二八）のような歌人が、京都と鎌倉を往復しながら、武士たちに和歌を教えていた。兼好自身も、家集の『兼好法師集』によれば、少なくとも二度は関東に出掛けている。東西交流の隆盛は時代の趨勢であるが、これに対して兼好は批判的だった。

兼好の価値観や考え方は、時代を先取りしたものも多いが、ここでは消極的な感じを与える。「我が俗」、すなわち「自分の生活圏内」から一歩も出なければ、視野も狭まり、新しい文化創造も行われにくいだろう。にもかかわらず、兼好はそれを見苦しいと批判しているのだ。

兼好はそれまでの文学者に見られぬほどに、広い視野を持ってさまざまな人間の姿を描いているが、京都と東国という双方の活発な交流に関しては、まだ積極的に評価できなかったのだろうか。

ただし、兼好が東国の人間に対して決して偏見を持っていたわけではないのは、すでに取り上げた第百四十一段や第百四十二段からも明らかである。したがって、第百六十五段で兼好が最も主張したかったことは、自分をしっかりみつめることなく、いたずらに外部の世界を求めるような空疎な生き方の否定なのであろう。

だからこそ、自分の寺を離れて世間を渡り歩くような僧侶たちに対しても、批判的なのである。そして、この段で僧・俗の双方にわたって空虚な生き方を書いたことから、次の段でも巧みな比喩を使って世間の人々の生き方の空しさを描くことになる。

第百六十六段は、人間の齷齪《あくせく》した日々の暮らしが、いかに空しいものであるかについて述べている。

人間の営み合へる業《わざ》を見るに、春の日に雪仏《ゆきぼとけ》を作りて、そのために金銀・珠《しゅ》玉《ぎょく》の飾りを営み、堂を建てんとするに似たり。その構《かま》へを待ちて、よく安置《あんぢ》してんや。人の命ありと見るほども、下《した》より消ゆること、雪の如《ごと》くなるうちに、営み待つこと、はなはだ多し。

暖かな春の日に、雪で仏像を作ったら、いくら一生懸命に立派なお堂を建てようとしても、肝心の仏像は、お堂が完成する前に溶けて消えてしまう。世間の人々がしている事といったら、まるでこのようなことなのだ。齷齪と一生懸命に仕事をして、形のあるものを残そうとしても、人間の命には限りがある。その命の危うく、はかないこと、ちょうど春の雪で作った仏像のようなもので、気付かぬうちに生命は消えてなくなってしまう。

雪で仏像を作って供養するのは、和歌などにも詠まれることがあるが、季節を冬ではなく春として、春の日に作った雪仏を人間の生命の消えやすさに喩えたのは、兼好独自の比喩と思われる。この比喩は、きわめて的確で印象深いものだったようで、後世、この表現が引用されているのが見られる。

言葉の喚起力

室町時代の連歌師・心敬《しんけい》（一四〇六〜七五）の連歌論書『ひとりごと』には、次のような記述が見られ、明らかに『徒然草』を引用している。

誠に、只今をも知らぬ幻の身を忘れて、常住有所得《じやうぢゆううしよとく》のみに落ちて、さまざまの能芸・学文《がくもん》・仏法などとて、罵《ののし》り合へる、愚かなるかな。ただ、春の雪にて仏を作りて、その為《ため》に堂・塔婆などを構へ侍《はべ》るが如《ごと》くなり。

人間の営みの空しさを、徒然草の第百六十六段を引用して書いている。

また、明治時代の文学者である樋口一葉（一八七二〜九六）の小説『経《きよう》づくえ』では、第六節の冒頭近くに、次のような引用が見られる。

さても秋風の桐の葉は人の身か、知らねばこそあれ雪仏の堂塔いかめしく造らんとか立派にせんとか、あはれ草臥《くたびれ》もうけに成るが多し。

人間の命は、秋風に散る桐の葉のように、はかないものなのだろう。それを知らないからこそ、雪で仏を作ってお堂や塔を荘厳に立派にしようとして、無駄骨を折るのだろうか。しかし齷齪暮らしても、骨折り損の草臥れもうけになってしまうことが多いのだ、と一葉は書いている。この部分は、『経づくえ』に登場する医学士が、若くしてあっけなく死んでしまったことを、一葉は徒然草の第百六十六段の表現に依拠しながら書いている。

心敬も一葉も、人間の人生の空しさを述べる時に、格好の比喩として徒然草を使った。先ほど触れた『伊勢貞親教訓書』の場合もそうだったが、徒然草に書かれている言葉の喚起力が強いからこそ、時代を隔てて文人たちに引用され続けたのである。

第六章

物事を両面から見る

再び道について

兼好は序段で、「心に移りゆくよしなしごとを、そこはかとなく書きつくれば」と述べていた。けれども、この言葉をそのまま受け取って、徒然草に書かれていることがすべて、とりとめもなく心に浮かんだことを次々と書き留めていったものかと言えば、とてもそうとは考えられない。なぜなら徒然草は、本人の意識にかかわらず、冒頭部分と比べて次第に書き方に変化と深化が生じてきているからである。

その変化とは、物事を両面から捉える相対的な書き方が次第に多くなってくることである。そして深化とは、かつて取り上げていたテーマを再三再四取り上げて、思索を巡らしていることである。本章では、第百六十七段から第百七十五段までを大きく捉えて、書き方の変化と考え方の深まりを見てみよう。

徒然草には専門家に対する兼好の素直な尊敬の念が、繰り返し書かれている。ところが兼好は、第百六十七段において、専門家たちが知らず知らずのうちに陥ってしまう、「慢心」という落とし穴を見抜いている。兼好は徒然草の中で、無条件に専門家を称賛しているのではなく、専門家さえも相対化しているのである。

第百六十七段は、三つに分けて読むのがよいだろう。最初に、専門家が自分の才芸を誇り、他人に負けまいとするさまを、獰猛《どうもう》な動物が角や牙で争う様子にたとえて、批判している。次に、何らかの点で他人より優れていると自覚している人間が陥る慢心を戒める。最後に、真の専門家は、自分の至らなささを自覚しているから、常に現状に満足せずに、決して誇ることがないと述べている。


一道に携はる人、あらぬ道の筵《むしろ》に臨《のぞ》みて、「あはれ、我《わ》が道ならましかば、かく、よそに見侍《はべ》らじものを」と言ひ、心にも思へること、常のことなれど、よに悪《わろ》く覚ゆるなり。知らぬ道の羨《うらや》ましく覚えば、「あな羨まし。などか習はざりけん」と言ひてありなん。我が智を取り出《い》でて、人に争ふは、角《つの》あるものの、角を傾《かたぶ》け、牙あるものの、牙を咬《か》み出《い》だす類《たぐひ》なり。

人としては、善に誇らず、物と争はざるを徳とす。他に勝《まさ》ることのあるは、大きなる失《しつ》なり。品《しな》の高さにても、才芸のすぐれたるにても、先祖の誉れにても、人に勝れりと思へる人は、たとひ言葉に出《い》でてこそ言はねども、内心にそこばくの咎《とが》あり。慎みてこれを忘るべし。烏滸《をこ》にも見え、人にも言ひ消《け》たれ、禍《わざはひ》をも招くは、ただこの慢心なり。

一道にもまことに長じぬる人は、自《みづか》ら、明らかにその非《ひ》を知る故《ゆゑ》に、志《こころざし》、常に満たずして、終《つひ》に、物に誇ることなし。

中国や日本の古典による名句も格言も使わずに、日常ありがちな情景の中から、兼好は深い真実を読み取り、それを非常にわかりやすい言葉で書いている。それでいて、読む者になるほどと思わせる叡知に満ちている。

前章で取り上げた第百五十段では、その道の名人になるためには、たとえ他人に笑われても、初心者のうちから、たゆみない努力をするべきであると述べ、続く第百五十一段では、そうは言っても老年期になるまで上達しないようなら、きっぱりと諦めるべきであると書いていた。この連続する二つの章段は、名人になるための心得と、名人になれなかった時の進退について述べており、相互補完的な章段であった。

それらの専門家論から少し段を隔てて、再びここで兼好は専門家について論じている。この第百六十七段では、すでに世間で専門家として通用している人が持つべき心得について書き、次の第百六十八段でも、老年期に達した専門家のあるべき態度について書いている。このように、繰り返し専門家について取り上げることによって、さまざまな角度から思索を重ねることが可能となっている。あるテーマを一箇所で集中的に論じるよりも、より自在に柔軟に思索を進め、深めることができる。徒然草が編み出した書き方のスタイルとして注目したい。

老専門家の生き方

その道の専門家が老年に達した時に、どうあるべきか。これが、次の第百六十八段の主旨である。

年老《お》いたる人の、一事《いちじ》すぐれたる才《ざえ》のありて、「この人の後《のち》には、誰《たれ》にか問はん」

など言はるるは、老《おい》の方人《かたうど》にて、生けるも徒《いたづ》らならず。さはあれど、それも廃《すた》れたる所のなきは、一生、この事にて暮れにけりと、拙《つたな》く見ゆ。「今は忘れにけり」と言ひてありなん。

大方《おほかた》は知りたりとも、すずろに言ひ散らすは、さばかりの才《ざえ》にはあらぬにやと聞こえ、自《おの》づから誤りもありぬべし。「定かにも弁《わきま》へ知らず」など言ひたるは、なほまことに、道の主《あるじ》とも覚えぬべし。まして、知らぬこと、したり顔に、おとなしく、もどきぬべくもあらぬ人の言ひ聞かするを、「さもあらず」と思ひながら聞きゐたる、いと侘《わ》びし。

ある分野ですぐれた才芸のある年老いた人がいて、世間の人々が「もしこの人が死んでしまったら、いったい誰にこのことを聞いたらよいのだろう」などと言われたら、光栄なことだ。しかし、この道一筋で一生を過ごしてきたのかと思うと、それもつまらない生き方だ、というのが兼好の意見である。

逆説的とも言えるような意外な発言である。その道の第一人者となるべく一生を費やしてこそ、優れた達成が可能となるのに、そのような生き方を、拙く、つまらない生き方だと言うのである。名人や専門家の存在を一気に相対化する視点である。「今は忘れにけり」という一言は、まるで格言のように よく利《き》いている。

知識をひけらかすような人は本当の専門家とは言えないし、聞き手が批判を差し挟めないような大家がしゃべるのを、はたで聞きながら、「そうでもないだろうに」などと心の中で思っているのは、本当にやりきれないことだ、とも述べている。

「いと侘びし」という表現は、徒然草に時々顔を出す表現で、相手の態度や趣味に対する強い不快感・拒否感を表わす言葉である。たとえば、第十段で、財力にものを言わせて建てた華美な邸宅を批判して、「多くの工《たくみ》の、心を尽くして磨きたて、唐《から》の、大和の、珍しく、えならぬ調度《てうど》ども並べ置き、前栽《せんざい》の草木まで心のままならず作りなせるは、見る目も苦しく、いと侘びし」と書いている。

徒然草の老年論

ところで、今読んだ第百六十八段は、専門家論であると同時に、老年論でもある。徒然草にはこの他の所にも老年についての論がいくつも見られるので、それらを概観したうえで、兼好の思索の深まりを辿りたい。

徒然草には人生を見つめる章段が多いこととおそらくは連動していると思われるが、老年期への言及も多い。「老い」「老ゆ」「老人」「老法師」「年寄」「年寄る」などという言葉が、あちこちの章段に出てくる。しかも、徒然草の上巻と下巻では、老年の捉え方にやや相違が見られて興味深い。

上巻においては、人間の年齢に触れる時に、常套句的に「老いも若きも」と使われる第九段や第七十四段、また、「老親」という意味で使われる第五十三段や第五十九段のように、ごく日常的な言葉として使われている場合もある。それ以外にも、知識や経験を蓄えて人々への的確な指針を示す老人の姿が、印象的に描かれている。たとえば、第六十七段は、兼好が上賀茂神社で、そこの末社である岩本社《いわもとしゃ》と橋本社《はしもとしゃ》の祭神について「老いたる宮司」に聞いた話が書かれているし、第百二段には、宮中のしきたりによく通じていた又五郎という「老いたる衛士《ゑじ》」のことが書かれており、どちらにも年取った人間が持っている知識や知恵への信頼感と好感が書かれている。

ただし、第七段では直接「老い」という表現は使っていないが、四十歳を過ぎると人間が貪欲《どんよく》になると述べたり、第百十三段とそれに続く第百十四段では、老人が若い人たちに交じっているのを否定している。このように老人に対して否定的な章段もあることはあるが、全般的には上巻では、老年期の姿を肯定的に捉えているのが特徴である。

それに対して徒然草の後半部になると、老いに触れている段の書き方に変化が見られるようになる。たとえば、第百五十二段では日野資朝《ひのすけとも》が、いかにも尊く見える西大寺の静然上人《じょうねんしょうにん》のことを「年を取っているというだけのことです」と、辛辣に批評した話が書かれている。資朝は、老人であることに対して敬意を表さなかったのである。

第百六十八段は、今取り上げている段で、ここでも老年期になった専門家に対して、その事だけしかしてこなかった生き方に批判的である。

第百八十八段でも、ある少年が法師になるのが目的なのに、乗馬や芸能などを身につけているうちに、「説経《せつきやう》習ふべき暇《ひま》なくて、年寄りにけり」と書かれ、ここでも批判的な場面で使われている。

第百九十段には、兼好の結婚観が書かれているが、女性の老年期に対して否定的である。第二百四十段でも、女性が不似合いな老法師と結婚することを批判しているし、年齢が離れた結婚の場合に、「年も長《た》けなん男」が相手の女性に対して感じる引け目を書いている。

このように、徒然草の後半部になると、老年期というものが否定的に扱われることが多くなっている。前半部では、知識や経験の宝庫として老年期を称賛する傾向があったが、次第にそのような、ある意味で楽観的な見方から、もっと悲観的な見方に変化する。だからこそ、老年のあり方として、現状をよくわきまえて、静かに、出しゃばらずに過ごす生き方が望ましいとしているのである。

徒然草の老年論は、前半部での理想論から、次第に、現実に陥りがちな人間の弱点を深く見つめる認識へと変化していることがわかる。老年期を両面から捉えていると言えよう。

生きられる時間

第百七十二段は、若年期と老年期とを比較して、それぞれの年齢からくる特徴を考察している段である。けれどもこの段は、むしろ年齢というもの自体を相対化しているのだろう。

人はとかく、若さを絶対視したり、逆に老年の経験知を重んじたりしがちであるが、そのどちらが勝れているとは決しがたい。しかも、人間は次第に年齢を重ねて、若さから成熟へと変化してゆく。第百七十二段は、若者と老人を比較しているのではなく、一人の人間の青年期と老年期における違いを考察している段と考えた方が、よいのではないだろうか。

若き時は、血気、内《うち》に余り、心、物に動きて、情欲多し。身を危《あやぶ》めて、砕けやすきこと、珠《たま》を走らしむるに似たり。美麗を好みて宝を費《つひ》やし、これを捨てて苔《こけ》の袂《たもと》に窶《やつ》れ、勇める心、盛りにして、物と争ひ、心に恥ぢ羨み、好む所、日々に定まらず、色に耽《ふけ》り、情《なさけ》に愛《め》で、行ひを潔くして、百年《ももとせ》の身を誤り、命を失へるためし願はしくして、身の全《まった》く久しからんことをば思はず、好《す》ける方に心引きて、長き世語りともなる。身を誤つことは、若き時のしわざなり。

老いぬる人は、精神衰へ、淡く疎《おろそ》かにして、感じ動く所なし。心自《おの》づから静かなれば、無益《むやく》の業《わざ》を為《な》さず、身を助けて愁《うれ》へなく、人の煩《わづら》ひ無《な》からんことを思ふ。老いて智の若き時に勝《まさ》れること、若くして容貌《かたち》の老いたるに勝れるがごとし。

この第百七十二段の前半では、青年期には一時の感情や情欲に任せて人生を誤りやすいことを警告し、老年期には感情の起伏などもゆるやかになり、心が平静なので、余計なこともしないし、他人の迷惑になるようなこともしないように心がけている、と書いている。そして、老年になって智恵が若い時より勝るのは、若い時の容貌が老年期と比べて勝っているようなものである、と結論づけている。

ここで比較されているのは、若者と老人という世代の差であるとも考えられるが、一人の人間の人生における感情・情欲の変化として捉えてみると、人の一生の陰翳が浮かび上がってくる。若者は向こう見ずで未熟であり、老人は思慮が深く落ち着いている、という指摘だけなら平凡すぎる。若い時はあれほど感情に走っていた人間が、年を取るにつれていつのまにか平静な気持ちになってくるその不思議さに、兼好は感慨を催しているのではないだろうか。

年齢の変化は、季節の移ろいのように連続しており、はっきりとした屈折点はない。しかし、いつのまにか年齢が加わってゆき、若い時は容姿のみずみずしさが際立《きわだ》ち、老年になれば智恵が身につく。このように考えれば、人生の時間は、若い時も老年期もともに、充実したものになりうるのであり、若い時だけがよいのでもなければ、老年期だけが勝れているわけでもない。

誰にとってであれ、生きられる時間は、どんな一時期も省略することはできず、しっかりとつながって途絶えることなく、本人にとってかけがえのない時間が流れている。

訪問の善し悪し

徒然草においては、あるテーマが段を隔ててさまざまに変奏されることが多いが、ひとまとまりの記述の中で、あることがらの両面性に触れる書き方もされている。第百七十段は、他人との交際について述べた段である。人の訪問がもたらす心身へのさまざまな波紋を捉えている。

さしたる事なくて人のがり行くは、よからぬことなり。用ありて行きたりとも、そのこと果《は》てなば、疾《と》く帰るべし。久しく居《ゐ》たる、いとむつかし。人と向かひたれば、言葉多く、身も草臥《くたび》れ、心も閑《しづ》かならず、よろづのこと障《さは》りて時を移す。互ひのため益《やく》なし。厭《いと》はしげに言はんも悪《わ》ろし。心づきなきことあらん折《をり》は、なかなかその由《よし》をも言ひてん。

同じ心に向かはまほしく思はん人の、つれづれにて、「今しばし。今日は心閑《しづ》かに」など言はんは、この限りにはあらざるべし。阮籍《げんせき》が青き眼《まなこ》、誰《たれ》もあるべきことなり。そのこととなきに、人の来《きた》りて、長閑《のどか》に物語して帰りぬる、いと良《よ》し。また、文《ふみ》も、「久しく聞こえさせねば」などばかり言ひおこせたる、いと嬉《うれ》し。

まず最初に、たいした用事もないのに他人を訪問することはよくないと述べている。ところが、この冒頭の一文の主旨は、この段の最後までは及んでいない。冒頭の文はあくまで前半にしか懸かっていないのである。

前半の大意をまとめれば、次のようになろう。たいした用事もないのに他人の家を訪問するのはよくない。たとえ用事があったとしても、それが済んだらすぐに帰るべきだ。訪問者がなかなか帰らず、いつまでもいるのは厄介《やっかい》だ。他人と対面しているといろいろ話さなくてはならず、体も疲れるし、心の平安も乱される。客が来ていると他のこともできずに時間がいたずらに経《た》ってしまう。お互いにとって、何のよいこともない。だからといってあからさまに、いやいや応対もできない。気乗りがしない時は、かえってその理由をはっきり相手に言ったほうがよい。以上のように、訪問された時の厭《いと》わしさが書かれている。

ところが後半では一転して、好ましい場合が書かれる。自分と同じような気持ちの人が、ちょうど折よく暇を持て余していて、その人を訪問した時に、そろそろ帰ろうとすると引き止められて、「もう少し、よいではないですか。今日はゆっくりお話ししましょう」などと言ってくれる場合だったら、用事が済んでもすぐに帰らなくてよい。「竹林の七賢人」として有名な阮籍が、自分が気に入った人の時は青眼《せいがん》で迎え、そうでない人には白眼《はくがん》で迎えたという中国の故事は、阮籍に限らず誰でもありがちなことだ。

また、何という用事もないのに、人がやって来て、のんびりと話をして帰って行くのも、とてもよい。手紙でも、「長らく、お手紙も差し上げずご無沙汰していますので」などとだけ書いて寄越すのも、とてもうれしいものだ。このように後半では、前半とまるで逆のようなことを述べている。

このような書き方は、いかにも随筆らしい自由な書き方とも言えるが、むしろ兼好が徒然草を書き進めることによって獲得した視野の拡大であると解釈したい。

この段の後半に書かれている「同じ心に向かはまほしく思はん人」というのも、第十二段では、「同じ心ならん人としめやかに物語して、をかしきことも、世のはかなきことも、うらなく言ひ慰まんこそ嬉しかるべきに、さる人あるまじければ」と書かれている。かつて兼好は孤独で、心から語り合う友がいなかった時期もあったのだ。筆法の変化は、兼好自身の心の変化と連動しているのであろう。

酒の両面性

第百七十五段は、酒の善悪両面を捉えて書いている段であり、訪問の良し悪しを書いた第百七十段の書き方のスタイルが、ここにも見られる。第百七十五段は、徒然草の中でも最も長い章段の一つで、内容の展開によって区切ると、四節からなる。まず最初の第一節は、酒の無理強いの風習とそれによって引き起こされる被害について。第二節は、酒宴の醜態の詳しい描写。第三節は、仏教的な見地からの酒の害悪について。この後で一転して、最後の第四節では酒のよさについて書いている。

第百七十五段はこの段だけを取り出して読んでも十分に面白く、とりわけ酒宴の描写のリアリティは現代でも古びることがない。しかし、徒然草全体の中でこの段を位置づけるならば、両面性を捉える視点がよく表れており、物事を相対化する視線が顕著な段と位置づけることができる。ここでは兼好の観察眼が冴える第一節と第二節の原文を取り上げ、いかにも徒然草らしい明晰で生き生きとした書き方に触れてみたい。
まず最初に書かれているのは、酒を無理強いする風習と、無理に飲まされた人の辛さである。

世には、心得《こころえ》ぬことの多きなり。ともある毎《ごと》には、まづ酒を勧めて、強《し》ひ飲ませたるを興《きよう》とすること、いかなる故《ゆゑ》とも心得ず。飲む人の、顔、いと堪《た》へがたげに眉をひそめ、人目を測りて捨てんとし、逃げんとするを、捕へて引き留《とど》めて、すずろに飲ませつれば、うるはしき人も、たちまちに狂人となりて烏滸《をこ》がましく、息災《そくさい》なる人も、目の前に大事の病者《びやうじや》となりて、前後も知らず倒れ伏す。祝ふべき日などは、あさましかりぬべし。明《あ》くる日まで頭《かしら》痛く、物食《く》はず、によひ臥《ふ》し、生《しやう》を隔てたるやうにして、昨日《きのふ》のこと覚えず、公《おほやけ》・私《わたくし》の大事を欠きて、煩《わづら》ひとなる。人をしてかかる目を見すること、慈悲もなく、礼儀にも背けり。かく辛《から》き目に逢《あ》ひたらん人、妬《ねた》く、口惜《くちを》しと思はざらんや。人の国にかかる習ひあなりと、これらになき他人事《ひとごと》にて伝へ聞きたらんは、怪《あや》しく不思議に覚えぬべし。

「世には、心得ぬことの多きなり」という簡潔な一言の後に展開されるのは、酒の席でのさまざまな不合理である。人が嫌がるのに無理に飲めない酒を飲ませる。これは相手の心身ともに傷つけることなのに、酒宴の席でよく見られる光景である。もし、酒の無理強いという悪習がない国の人がこんなことを聞いたら、何とも不思議なことだと思うだろう、とも書かれている。この最初の第一節には、酒を飲まされる人の肉体的・精神的な苦痛がきわめてリアルに描かれており、時代を超えて現代にもそのまま通じる。

次の第二節に書かれるのは、酒宴で繰り広げられる醜態の数々である。これも兼好の冷静な筆によって、きわめてリアルに再現されている。

人の上《うへ》にて見たるだに心憂《こころう》し。思ひ入りたるさまに、心憎しと見し人も、思ふ所なく笑ひ罵《ののし》り、言葉多く、烏帽子《えぼし》歪《ゆが》み、紐外《ひもはづ》し、脛《はぎ》高く掲《かか》げて、用意なき気《け》色《しき》、日頃の人とも覚えず。女は額髪《ひたひがみ》、晴れらかに掻きやり、まばゆからず、顔うちささげてうち笑ひ、盃《さかづき》持てる手に取り付き、よからぬ人は肴《さかな》取りて、口にさし当て、自《みづか》らも食ひたる、様悪《さまあ》し。声の限り出《い》だして、おのおの歌ひ舞ひ、年老いたる法師召し出されて、黒く汚き身を肩脱ぎて、目も当てられず捩《すぢ》りたるを、興《きよう》じ見る人さへ疎《うと》ましく、憎し。あるはまた、我が身いみじきことども、片腹痛《かたはらいた》く言ひ聞かせ、あるは酔《ゑ》ひ泣きし、下様《しもざま》の人は、罵《の》り合ひ、諍《いさか》ひて、あさましく恐ろし。恥ぢがましく、心憂きことのみありて、はては許さぬ物ども押し取りて、縁《えん》より落ち、馬・車より落ちて、過《あやま》ちしつ。物にも乗らぬ際《きは》は、大路《おほぢ》を蹌踉《よろぼ》ひ行きて、築土《ついひぢ》・門《かど》の下などに向きて、えも言はぬことども、し散らし、年老い、袈《け》裟《さ》掛《か》けたる法師の、小童《こわらは》の肩を押へて、聞こえぬことども言ひつつよろめきたる、いとかはゆし。

宴会もたけなわになって、酒に酔った人々がだらしなくなり、普段とはまるで人が変わったようになっている様子が活写されている。男は、かぶり物がずれているし、女は、顔をあらわに見せて笑ったりしている。酒の肴を下品な振舞いで食べたり、大声で歌ったり踊ったりしている。老法師が呼ばれて肩脱ぎして身をよじらせて踊ったりもする。それを見て面白がっている人々の態度も、嫌だ。自分のすばらしさを、そばにいる人にくどく言い聞かせたり、酔っ払って泣いたりする。喧嘩をする人などもいて恐ろしい。

酒宴も終わり近くなった頃だろうか、くれるというものでないのに、自分勝手にもらったつもりになって、無理に取って、縁側から落ちたりする。宴会も果てた帰り道、乗っている馬や牛車から落ちて怪我をしたりする。徒歩で帰る人々は大路をよろめきながら歩き、築地や他人の門の下に吐いたりする。老法師が、お供の少年の肩に寄り掛かって、わけのわからぬことを言いながらよろめき歩いているのは、とても見ていられない。

第二節の大意は、以上のようになろう。最後のところで「いとかはゆし」と書いているのは、「顔映《かほは》ゆし」、つまり、「とても見ていられない」と言う意味である。とても見られたものではないと言いながら兼好は、酒宴での老若男女の生態を実によく観察しており、その的確な描写力には驚かされる。

引き続く第三節には、健康上の酒の害や、仏教の教えに見られる酒の戒めなどが書かれているので、もしそこまでで終わっていたら、この章段は、酒の悪い面だけが強調されることになる。ところが、最後の第四節では、一転して酒のよさについて述べている。

ここでは、先ほどの宴会と対照的に、月や雪や桜の花など季節を愛《め》でながら、しみじみと、また、じっくりと酒を飲むことのよさが書かれている。退屈な日に思いがけなく友人が訪ねてきて、そんな時にちょっと酒を飲む楽しさ。また、身分が高く普段は馴々しくできないような人から酒や肴を頂戴するのもうれしく、冬に狭い部屋などで、何か煎《い》ったりして、親しい仲間同士で痛飲するのも楽しい。旅先の野外の芝生で、「肴は何かあるかな」などと言いながら飲む酒のすばらしさ。酒に弱い人が、ぜひと勧められてほんの少し飲むのもよく、身分の高い人から、酒を注《さ》されることの晴れがましさや、近付きになりたい人が上戸で、酒の席で親しくなることなど、さまざまな心和む酒の場面が描かれている。

どれも、非常に親密で、楽しく、ゆったりとした情景である。ここでは、酒が人と人との関係を円滑にするものとして、好ましく捉えられている。そして一番最後には、酒宴の翌朝、二日酔いで寝過ごした人があわてて帰って行く後ろ姿を描いて、この章段が閉じられている。

第百七十五段は非常に長い段であるが、描写が実にリアルであり、酒の両面を良《よ》きも悪《あ》しきも描き切り、しかも、最後がユーモラスな上戸の姿で終わっているので、それ以前で人々の醜態を詳しく観察して書いているにもかかわらず、読み終わった時に人間味を感じさせる筆致となっている。

◉第七章

時間の遠景としての考証章段

故実と知識への関心

徒然草には、宮中や貴族社会などでのしきたりや先例である「有職故実《ゆうそくこじつ》」に関する章段が意外に多い。また、物事の由来などの知識について、ごく短く考証メモのように書き留めた段もある。有職故実や知識メモ的な章段は、一段だけ書かれる場合もあるが多くは何段か連続して書かれている。これらの章段を読んでいると、中世という時代に生きていた兼好の価値観や、文化の担い手としての問題意識が、垣間見《かいまみ》られるような気がする。

このような故実や由来をめぐる章段は、徒然草の中に約七十段ほどもある。徒然草は、序段を含めて二百四十四の章段からなっているので、数としては、全体の三分の一に近い。ただし、これらの章段はどちらかと言えば短いものが多いので、徒然草を通読した時には、故実や由来を考証する段がそれほど多いという印象は、おそらくあまり受けないだろう。けれども、兼好がどのような意識をもって、故実やものごとの由来をいくつも書き留めたのか、その背景をもう少し詳しく考えてみる必要があるのではないだろうか。

故実や由来の考証章段は、徒然草の中である程度まとまって、あちこちに点在している。本章では、第百七十六段から第百八十三段までに連続して書かれている考証章段を取り上げて、簡潔な表現の背後に潜む兼好の思いを探ってみよう。

第百七十六段は、宮中の清涼殿《せいりようでん》にある「黒戸《くろど》」についての、ごく短い段である。

黒戸は、小松帝《こまつのみかど》、位に即《つ》かせ給ひて、昔、直人《ただびと》にておはしましし時、まさな事《ごと》せさせ給ひしを忘れ給はで、常に営ませ給ひける間《ま》なり。御薪《みかまぎ》に煤《すす》けたれば、黒戸と言ふとぞ。

「黒戸」というのは、清涼殿の北廊《きたろう》にある戸のことだが、ここではその戸がある部屋のことと説明されている。なぜ、「黒戸」という名前がついているのだろうか。「小松帝」と呼ばれた光孝天皇《こうこう》（在位八八四〜八八七）が、まだ臣下の時に自分で炊事（＝まさな事）をしたことを忘れずに、天皇となられてからも、以前と同じように自ら料理をなさり、その煤で戸が黒くなったから「黒戸」という名が付いたのだと、兼好は言う。

光孝天皇は、五十五歳になって初めて即位した天皇である。当時、陽成《ようぜい》天皇（在位八七六〜八八四）に嫡子がいなかったので、後継者が広く求められた。他の皇族たちが、自分こそ次期天皇になろうと浮き足立っていたのに対して、ただ一人動じることなく、破れた御簾《みす》の中で、縁が破れた畳に端然と座っておられたので、この方こそ天皇にふさわしい方だということで、迎えられたのだった。これは『古事談《こじだん》』という説話集に出ているエピソードだが、光孝天皇の人となりがよく伝わってくる。

「黒戸」という名称は、『大鏡《おおかがみ》』や『枕草子』などにも出てくるが、そこでは名前の由来自体は全く書かれていない。徒然草の第百七十六段で書かれているような由来は、他書には見られない。したがって、兼好がここで書いていることが、果たして正確なものかどうかわからない。けれども、『古事談』の説話と重ね合わせてみると、私利私欲のない超然とした質素な生き方を貫き、境遇が変わっても昔のことを忘れなかった光孝天皇の人間像が浮かび上がってくる。

「黒戸」という名前の由来には、兼好の生きた時代から四百年以上も昔の、光孝天皇の故事が込められていたのだった。徒然草のあちこちからうかがわれる生き方の理想、すなわち、質素な生き方や、本来の自分の姿を忘れない生き方の象徴として、「黒戸」という言葉に好ましい響きを感じたからこそ、兼好はここに書き留めたのではないだろうか。

若い頃に蔵人《くろうど》として宮中で仕えた体験を持つ兼好にとっては、黒戸は見慣れた場所であり、いわば日常空間である。兼好の心の目には光孝天皇の料理の煙が見えるのであろう。それは幻視ではなく、遠くに思いを馳せることのできる人間に与えられたリアリティであり、かくて現在という時間の領域が限りなく広がってゆくのである。

物事の起源や由来を尋ねることは、過去と現在を繋ぐことであり、そのような由来に誰かが関心を持つ限り、過去は過ぎ去り消えてしまったものではなく、現在とともにある、ということなのだ。このような意識こそが、徒然草の考証章段を貫く兼好の視点であろう。

故実の伝承に立ち合う体験

黒戸の由来に続く二つの章段は、どちらも兼好と同時代のある人物の発言によって、正しいしきたりが伝えられる場面を描いている。故実の伝承の現場に立ち合った兼好が、そのことに感銘を受けて書き留めた段であると考えられる。まず、第百七十七段は、蹴鞠《けまり》の故実に関する話である。

鎌倉中書王《かまくらのちゆうしよわう》にて御鞠《おんまり》ありけるに、雨降りて後《のち》、いまだ庭の乾かざりければ、いかがせんと沙汰《さた》ありけるに、佐々木隠岐入道《ささきのおきのにふだう》、鋸《のこぎり》の屑《くづ》を車に積みて、多く奉りたりければ、一庭《ひとには》に敷かれて、泥土《でいと》の煩《わづら》ひ無かりけり。「取り溜《た》めけん用意、有《あり》難《がた》し」と、人、感じ合へりけり。

このことを、ある者の語り出《い》でたりしに、吉田中納言の、「乾《かわ》き砂子《すなご》の用意やは無かりける」と宣《のたま》ひたりしかば、恥づかしかりき。いみじと思ひける鋸の屑、賤《いや》しく、異様《ことやう》のことなり。庭の儀《ぎ》を奉行《ぶぎやう》する人、乾き砂子を設《まう》くるは、故実なりとぞ。

この話は、大きく二つの場面から成り立っている。まず最初に、鎌倉で蹴鞠の会を催した時に、雨が降って庭がまだ乾いていなかったので、どうしたらよいかと人々が困っていたところ、鋸の屑が取ってあったのでそれを撒《ま》いて執《と》り行なうことができ、用意のよさを皆が感心した、という場面が書かれている。

次は、この時の様子をある人が語ると、乾いた砂を用意していなかったのだろうか、と吉田中納言が言ったので、鋸屑が急にみっともないものに思われた、という場面である。この場面に兼好も同席していたことは、「語り出でたりしに」の「し」や、「宣ひしかば」の「しか」という部分に、自分が直接体験した過去を回想する助動詞「き」が使われていることからわかる。「鎌倉中書王」は、鎌倉幕府の第六代将軍・宗尊《むねたか》親王（一二四二～一二七四）のことで、兼好の生まれるより少し前の人物である。近い過去の出来事として、鎌倉の蹴鞠の話が語られた場面に、兼好も同席していたのである。

この段は、話自体も面白いが、兼好の心理の綾がよく表れている点が、とりわけ興味深い。先の本文引用では、改行によってこの段を二つに分けたが、前半のところで、「人、感じ合へりけり」というのは、蹴鞠当日の人々の反応だけでなく、後日、この話をある人が語るのを周《まわ》りで聞いている人々の反応にまで響いている。皆が、「鋸の屑」に感心したのだ。ところが、その場に同席していた吉田中納言が、「乾いた砂の用意を、していなかったのだろうか」という一言が発せられるやいなや、一瞬にして状況が変わってしまう。

「いみじと思ひける鋸の屑」とあるから、兼好もそれまでは感心して聞いていたのであろう。しかし、蹴鞠をする以上は必ず「乾き砂子」を用意しておくのが故実であると知って、それこそが正しいしきたりなのだと納得して、この話を書き留めたのである。

地面が濡れていては、蹴鞠はできない。水分を吸収するのは、鋸の屑でも乾燥した砂でも同じように思えるが、結果が同じならどちらでもよいというわけではないのが、故実の世界なのだろう。兼好は故実に則った発言を聞いて、「恥づかしかりき」とまで書いている。役に立つと見えた鋸屑が、一瞬にして「賤しく、異様のこと」になってしまう恐ろしさ。故実の世界を支えているのは、故実に美意識を感じる人間の繊細な感覚であり、そのような感覚が機能しなくなった時に、故実は消滅してゆく。

次の第百七十八段も、ある女性の繊細な感覚によって故実が保たれてゆく場面が、兼好自身の目撃談として語られている。古参の女房が、男たちの間違いを小さな声で、静かに訂正し、兼好はその態度を称賛している。

ある所の侍《さぶらひ》ども、内侍所《ないしどころ》の御神楽《みかぐら》を見て、人に語るとて、「宝剣をば、その人ぞ持ち給《たま》ひつる」など言ふを聞きて、内なる女房の中に、「別殿《べつでん》の行幸《ぎやうがう》には、昼《ひの》御座《ござ》の御剣《ぎよけん》にてこそあれ」と忍びやかに言ひたりし、心憎かりき。その人、古き典侍《ないしのすけ》なりけるとかや。

宮廷行事で用いられる剣にも、さまざまの種類があり、使い分けがあった。この女房の発言を書き留めたのは、故実を正しく伝承しようとする彼女の洗練された感覚に、兼好が共感したからであろう。

徒然草の考証章段の特徴として、兼好の物事の由来への関心がまず挙げられた。考証に際しては、特に典拠が重んじられるが、ある人物の発言を書き留めることによって、しきたりや由来が示されることもある。

次に取り上げる第百七十九段も、ある人の発言によって、従来の典拠が検証されている章段であり、その現場に兼好は立ち合っている。

入宋《につそう》の沙門《しやもん》、道眼上人《だうげんしやうにん》、一切経《いつさいきやう》を持来《ぢらい》して、六波羅のあたり、やけ野といふ所に安置して、ことに首楞厳経《しゆれうごんきやう》を講じて、那蘭陀寺《ならんだじ》と号す。その聖《ひじり》の申されしは、「那蘭陀寺は、大門《だいもん》北向きなりと、江帥《がうぞつ》の説とて言ひ伝へたれど、『西域伝《さいゐきでん》』『法《ほつ》顕伝《けんでん》』などにも見えず、更に所見なし。江帥は、如何《いか》なる才覚にてか申されけん、おぼつかなし。唐土《たうど》の西明寺《さいみやうじ》は、北向き勿論《もちろん》なり」と申しき。

道眼上人は中国に留学して『大蔵経《だいぞうきょう》』（＝一切経）をわが国に持ち帰り、六波羅の近くの「やけ野」に那蘭陀寺を創建した。ちなみに、彼のことは、第二百三十八段にも出てくる。そこでは、談義中に「八災」の内容を忘れたので、その場に居合わせた兼好が教えてあげたと書かれている。

第百七十九段で問題にされているのは、天竺《てんじく》（インド）にある那蘭陀寺の大門が北向きかどうかということである。兼好も同席している場での話題であることは、「申されしは」「申しき」などの部分に、自分が直接体験した過去を表す助動詞「き」が使われていることからわかる。

インドの那蘭陀寺の大門が北向きであるというのは、『古事談』などの説話集に書かれている大江匡房《おおえのまさふさ》(=江帥)の説である。藤原頼通《よりみち》に大門が北向きの寺を尋ねられた若き日の匡房が、たちどころに「天竺では那蘭陀寺、中国では西明寺、日本では六波羅蜜寺」と答え、聡明な人となりを示すエピソードとして、有名だった。大江匡房は、一〇四一年に生まれて、一一一一年に没した平安時代の学者である。

ところが、その約二百年後に、道眼がこの説に疑問を持った。そこには中国留学の体験者としての彼の自信が感じられる。中国から七千巻余りにのぼる『大蔵経』を持ち帰った道眼は、書物を尊重する人だったのだろう。その彼が日本では読むことのできないような『西域伝』や『法顕伝』などを中国で閲覧したか、あるいはこれらの書物も持ち帰ったかもしれない。「『西域伝』『法顕伝』などにも見えず、更に所見なし」という発言は、そのような留学体験に裏打ちされた発言であろう。兼好は、留学体験者である道眼の発言に敬意を表して、ここに書き留めたと考えられる。

故実やしきたりや知識は、決してそれだけでは事実として一人歩きできない。必ずそこには人間の介在が必要である。人間によってしきたりや故実は伝えられ、確認され、さらに次なる世代へと、正確に手渡しされてゆく。ある人の発言によって物事のあるべき姿がしっかりと認識され、それが他人の心に強い共感をもって刻み込まれる時、しきたりや知識や事実は、血の通った真実として生命力を持ち、時間と空間の中を生き続けてゆくことになる。

考証家兼好

第百八十段は、「さぎちょう」の作法だけが書かれた、ごく短い章段である。

さぎちやうは、正月に打ちたる毬杖《ぎちやう》を、真言院より神泉苑へ出《い》だして、焼き上ぐるなり。「法成就《ほふじやうじゆ》の池にこそ」と噺《はや》すは、神泉苑の池を言ふなり。

「さぎちょう」という行事のやり方が、書かれている。漢字では、「左義長」とか「三毬杖」などと書く。この「さぎちょう」が正月行事として広く行われているわりには、その由来や作法が不明なので、兼好は自分が知るところを書いたのであろう。珍しい貴重な資料となっている。「毬杖」というのは、木製の毬を打って遊ぶ時の槌形の杖のことである。その杖を集めて、大内裏にある真言院から、大内裏の庭園である神泉苑に出して、そこで焼くというのである。

他書に見られない独自の記述が徒然草にあるということは、それだけ兼好の問題意識の広がりを示している。他の人々が見過ごしたり、価値を認めないようなことでも、兼好には、重要な記載すべきことと感じられたのであろう。兼好自身が故実や由来を伝承する懸け橋の役割を果たしているのである。

第百八十一段は、ある人が言葉の由来を考証し、それに触発されて兼好も自分の記憶の中から、典拠を書き留めている段である。

「『降れ降れ粉雪《こゆき》、たんばの粉雪』といふこと、米搗《よねつ》き、篩《ふる》ひたるに似たれば、粉雪といふ。『たまれ粉雪』と言ふべきを、誤りて『たんばの』とは言ふなり。『垣《かき》や木の股《また》に』と歌ふべし」と、ある物知り、申しき。

昔より言ひけることにや。鳥羽院、幼くおはしまして、雪の降るに、かく仰せられける由《よし》、『讃岐典侍《さぬきのすけ》が日記』に書きたり。

「降れ降れ粉雪、たんばの粉雪」という歌の由来を、ある物知りの言葉として記録した段である。「申しき」とある「き」が自分の直接体験した過去の助動詞であるので、この段も兼好が直接に聞いた話であることがわかる。特に、「たんばの」が「たまれ」（動詞「溜《た》まる」の命令形）という言葉から誤って伝承したことを言っている。つまり、「たんばの」は地名の「丹波」ではない、と正しているのであろう。

それに続けて、『讃岐典侍日記』の中に、この歌のことが出てくるという兼好自身による考証が書かれているのも重要である。おそらく兼好は、この歌が二百年以上も前の日記に出てくること、しかも、民間伝承だけでなく、宮中でも歌われていたことに感慨を催しているのだと思われる。

父の堀河天皇を亡くされた、まだ幼い鳥羽天皇が、雪を見ながら無心に、「降れ降れ粉雪」と歌っている様子を、讃岐典侍がいじらしく見つめている情景が、『讃岐典侍日記』に、次のように書かれている。

早朝《つとめて》起きて見れば、雪いみじく降りたり。（中略）『降れ降れ、こゆき』と、幼《いは》稚《けな》き御気配《けはひ》にて仰《おほ》せらるる、聞こゆる。「こは誰《た》ぞ。誰《た》が子にか」と思ふほどに、まことに、さぞかし。思ふにあさましく、これを主とうち頼み参らせて候《さぶら》はんずるかと、頼もしげなきぞ哀れなる。

『讃岐典侍日記』は、決して短い日記ではない。にもかかわらず、兼好はほんの一場面の情景を注意深く心に留めて覚えている。この場面を大切に思っていたからこそ、兼好は、「降れ降れ粉雪」という歌を考証したのであろう。

故実は古くから伝承しているだけでなく、新たに作られるものでもある。第百八十二段は、故実を盾にとって、新しい故実を作った話が紹介されている。

四条大納言隆親卿《たかちかのきやう》、乾鮭《からざけ》と言ふものを供御《ぐご》に参らせられたりけるを、「かくあやしき物、参る様《やう》あらじ」と人の申しけるを聞きて、大納言、「鮭といふ魚、参らぬことにてあらんにこそあれ、鮭の白乾《しらぼし》、何条《なでふ》ことかあらん。鮎《あゆ》の白乾は参らぬかは」と申されけり。

四条大納言隆親卿とは、藤原隆親のことで、彼は一二〇三年に生まれ一二七九年に没している。兼好が生まれる数年前のことである。四条家は包丁の家柄なので、この発言にも、彼の自信が表れている。ある時、隆親が、「供御」つまり天皇の食事に乾鮭を差し上げたところ、他の人々が非難した。すると隆親は、天皇の食事に鮭は出しているのだから、それの白乾に何のさしつかえがあろうか、現に鮎は白乾を出しているではないか、と反論したのである。

この話自体は兼好が生まれる前の話であるので、兼好がこの場に立ち合っているわけではない。古い宮廷人からこの話を聞かされたのであろう。時間の流れの中で生き続けているものが故実だが、その故実が生まれた瞬間を捉え、ひときわ生彩を放っている。

最後に、第百八十三段を取り上げよう。兼好はしきたりや故実の典拠として、権威ある書物を重んじる。第百八十三段では、人間に危害を加える動物に、目印を付けておくことは、「律」（刑法）のきまりであることを書いている。

人觝《つ》く牛をば角《つの》を截《き》り、人食《く》ふ馬をば耳を截りて、その標《しるし》とす。標を付けずして人を傷《やぶ》らせぬるは、主《ぬし》の咎《とが》なり。人食ふ犬をば養ひ飼ふべからず。これ皆、咎あり。律の禁《いましめ》なり。

徒然草には他の章段でも、このような法律規範に触れている段がある。たとえば、第百四十七段は、灸治《きゅうじ》についての段である。ここで兼好は、灸治の痕が多くても、別に神事にさしつかえはないのだ、ということを書いているが、その根拠は、「格式等にも見えずとぞ」、つまり、正規の法令にそのようなことが書かれていないからだ、としている。

時間の遠景

本章は、徒然草の故実や由来についての考証章段を取り上げてきた。これらのことを書き留めているのは、まず第一には、兼好の持ち前の知的好奇心の反映であろうが、故実や由来によって象徴されているのは、時間の連続性であり、そのことにこそ兼好は最も関心を持っているのではないだろうか。徒然草の章段数の三分の一近くを占める、これらの一見無味乾燥な章段の背後には、兼好の時間認識が脈打っている。

徒然草には、時間というもののさまざまな表れ方が、描かれている。季節の移ろいは刻々と変化するが、一年が経《た》てば再び同じ季節がめぐってくるという点で、循環している。その一方で、時間というものは絶えざる変化をもたらすものでもある。いくら立派な寺院や邸宅であっても、大概の場合は、時間の経過とともに次第に荒れ果て、壊れ、焼失してしまうことを記す第二十五段。人間もひとたび死んでしまえば、ついには墓所のありかさえもわからなくなってしまう、と非情な現実を見据える第三十段。時間は、留めようもなく過ぎ去るものでもある。

しかしながら、昔から存続している故実やしきたりには、時間の連続性が表れている。過去から途絶えることなく続いているこれらのことは、「現在」の時間の領域に生き生きと息づいているからである。徒然草の有職故実の章段は、過去への懐旧の念からではなく、過去が現在とともにあることを実感し、確認するために書き留めたのではなかろうか。

故実や由来には、遥かな時間の遠景が凝縮されていることを、兼好は見抜いたのである。

◉第八章

何が批評の達成を可能としたか

三度、「道を知る人」を論ず

徒然草の章段展開の特徴は、二つある。第一に、互いに関連する内容の章段が連続しつつも、いつのまにか別の話題に転じてゆくこと。第二に、かつて取り上げた話題が、再三再四登場することである。前章で取り上げた有職故実章段も、第百七十六段から第百八十三段まで続いて書かれていたし、有職故実にかかわる段は、ここ以外にも数段ずつまとまって、徒然草のあちこちに点在している。

これから取り上げようとする第百八十四段から第百八十七段あたりまでの記述にも、この二つの特徴がよく表れている。すなわち、ここで書かれていることは、「道を知る人」の発言や兼好自身の人生観であるから、直前の有職故実の世界から話題がいつのまにか大きく転じている。なおかつ、これらの連続章段で取り上げられているような内容は、すでに第百五十段と第百五十一段、少し段を隔てて第百六十七段と第百六十段でも論じられていた。

松下禅尼の卓見

第百八十四段は、鎌倉幕府の執権として有名な北条時頼《ほうじようときより》（一二二七〜一二六三）の母である松下禅尼《まつしたぜんに》が、息子に倹約の手本を示すために、破れた障子を切り張りした話である。国語の教科書にも取り上げられることが多く、有名な段である、兼好は彼女のことを、「まことに、直人《ただびと》にはあらざりけるとぞ」と、高く評価している。

相模守《さがみのかみ》時頼の母は、松下禅尼とぞ申しける。守を入れ申さるることありけるに、煤《すす》けたる明《あか》り障子《しやうじ》の破ればかりを、禅尼、手づから、小刀して切り廻《まは》しつつ張られければ、兄の城介《じやうのすけ》義景《よしかげ》、その日の経営《けいめい》して候《さうら》ひけるが、「給《たま》はりて、某男《なにがしをのこ》に張らせ候はん。さやうのことに、心得たる者に候ふ」と申されければ、「その男、尼が細工《さいく》によも勝《まさ》り侍《はべ》らじ」とて、なほ、一間《ひとま》づつ張られけるを、義景、「皆を張り替へ候はんは、はるかに容易《たやす》く候ふべし。斑《まだ》らに候ふも、見苦しくや」と重ねて申されければ、「尼も、後《のち》は、さはさはと張り替へんと思へども、今日ばかりは、わざと、かくてあるべきなり。物は破れたる所ばかりを修理《しゅり》して用ゐることぞと、若き人に見習はせて、心付《こころづ》けんためなり」と申されける、いと有難《ありがた》かりけり。

世を治むる道、倹約を本《もと》とす。女性《にょしゃう》なれども、聖人《せいじん》の心に通《かよ》へり。天下を保つほどの人を子にて持たれける、まことに直人《ただびと》にはあらざりけるとぞ。

冒頭でまず、人物の紹介がごく短く書かれた後は、まるで兼好がその場に居合わせて書いたかのような、すぐれて臨場感に富む、一続きの長い文章である。ただし、表現が的確なので、文意は非常に明快である。文章の明快性もまた、徒然草の特筆すべき特徴である。

松下禅尼の兄である義景（一二五三没）が、執権である時頼の訪問を控えて「経営《けいめい》」、すなわち迎える準備に奔走している。すると彼が見たのは、禅尼みずからが障子の切り張りをしている姿であった。執権の母ともあろう者は、そんなことをしないで、他の者に任せればよい、というのがおそらく義景の考えで、それはなるほどもっともなことである。けれども意外なことに禅尼は、「自分の方が上手だから」などと言って、一向に止《や》める気配がない。義景はなおも食い下がって、そんな手間暇の懸かる切り張りよりも、全部を新しく張り替えた方が簡単だし、新しい障子紙と古い障子紙が斑《まだ》らになっているのも見苦しいと言う。

そこで初めて松下禅尼は、これは、政治の根本が倹約にあることを息子に教えるためなのだ、と真意を明かしたのだった。義景と禅尼のやりとりが、なかなかドラマティックである。まるで見てきたような書き方だが、この話の登場人物たちは、兼好が生まれる三十年以上も前の人々である。いったい兼好は、どこからこの話を仕入れたのだろうか。

段を隔てて、北条時頼が味噌を肴に部下と酒を酌み交わした話が、第二百十五段に出て来る。これは、鎌倉武士の長老から兼好が直接聞いた話である。もしかしたら、松下禅尼のことも、情報源はそのあたりにあったのかもしれない。となれば、障子の切り張りの話に続けて、味噌の話を書いてもよさそうなものだが、次の第百八十五段と第百八十六段もまた、「道を知る人」の話題が続く。どちらも乗馬の名人の言葉からなる短い段である。兼好は松下禅尼その人のすぐれた資質に強く共感して、「道を知る人」というテーマでもう少し書き続けようとしていることがわかる。

二人の乗馬名人

第百八十五段に登場する安達泰盛《あだちやすもり》は、前の段に出ていた義景の三男である。乗馬の名手で、馬の気質をよく見極めたうえで乗っていた話である。つまり兼好は、道を知る人として松下禅尼のことを書いてゆきながら、ふと彼女の甥にあたる泰盛が乗馬の名人であったことが心をよぎった。そしてさらに、もう一人の乗馬名人の言葉も心に浮かび上がってきた。二つの段の原文を、連続して読んでみよう。

城陸奥守《じやうのむつのかみ》泰盛は、双《さう》なき馬乗りなりけり。馬を引き出《い》ださせけるに、足を揃《そろ》へて閾《しきみ》をゆらりと越ゆるを見ては、「これは、勇める馬なり」とて、鞍《くら》を置き換へさせけり。また、足を伸べて閾に蹴当《けあ》てぬれば、「これは鈍くして、過《あやま》ちあるべし」とて、乗らざりけり。道を知らざらん人、かばかり恐れなんや。（第百八十五段）

吉田と申す馬乗りの申し侍《はべ》りしは、「馬毎《ごと》に強《こは》きものなり。人の力、争ふべからずと知るべし。乗るべき馬をば、まづよく見て、強《つよ》き所、弱き所を知るべし。次に、轡《くつわ》・鞍《くら》の具《ぐ》に危《あやふ》きことやあると見て、心に懸《か》かることあらば、その馬を馳《は》すべからず。この用意を忘れざるを、馬乗りとは申すなり。これ、秘蔵《ひさう》のことなり」と申しき。（第百八十六段）

安達泰盛も吉田某《ぼう》も、馬というものの性格をよくわきまえて、緻密な観察の上で発言している。吉田某は「これ、秘蔵のことなり」とまで言っているが、よく読んでみると、彼の発言にはどこにも神秘的なものがなく、きわめて合理的で、現実的なことばかりである。第七十三段に、「道々の物の上手のいみじきことなど、頑《かたく》なる人の、その道知らぬは、そぞろに神の如《ごと》くに言へども、道知れる人は、さらに信《しん》も起こさず」と書いているが、兼好はその道の名人をいたずらに神格化したりせず、ごく日常的な生活の中から摑《つか》み取った経験則を重視しているのである。

松下禅尼も安達泰盛も吉田某も、ここで書き留められているような言動は、徒然草以外の資料からは見出せない。そのことは、兼好以外には誰も、これらの話を書き留めるに価するものとして、過しなかったということである。

なるほど、これら三人の言動は、ある意味で、きわめて平凡で真《ま》っ当《とう》なことであり、聞く人々に衝撃を与えるような話ではない。しかし、こまやかな心遣いや観察力、理にかなったものの見方や考え方が、時代を越え、状況を問わず、普遍的な真実に転化しうることを、これらの連続章段はわたしたちに教えてくれる。

徒然草に書かれていることは、常識的で当たり前の内容が多い。けれども、その普通のあたりまえのことが内包している叡智の輝きは、兼好をもってして初めて、簡潔明瞭な「語る言葉のリアリティ」を獲得できたのである。兼好もまた、一人の「道知れる人」だった。

なお、今取り上げた三章段の展開を更に細かく見て行くならば、第百八十四段と第百八十五段は北条氏一族のエピソード、第百八十五段と第百八十六段は乗馬の名人の話というように、二段一組で関連しながら、少しずつ話題が展開していっている。

批評を深めてゆく推進力は、どこにあるのか

第百八十七段は、直前に位置する三章段が、その道の達人たちの発言だったのと比べて、兼好自身の認識が示されている点に書き方の違いが見られる。ただし内容上は、

ここも広い意味では、事に処する際に人間の取るべき態度について「道」という観点から書いているので、兼好の執筆意識としては一連のものであろう。傾聴すべき他人の発言を紹介した段の後に、兼好自身の考えを書く段が配置されることも徒然草の特徴の一つであり、人情の機微に通じた東国出身の尭蓮上人とある荒夷の意外な発言を書いた後に、兼好自身の政治論が書かれていたことが思い出される。

よろづの道の人、たとひ不堪《ふかん》なりといへども、堪能《かんのう》の非家《ひか》の人に並ぶ時、必ず勝《まさ》ることは、弛《たゆ》みなく慎みて軽々しくせぬと、偏《ひとへ》に自由なるとの等しからぬなり。芸能・所作《しょさ》のみにあらず、大方《おほかた》の振る舞ひ・心遣ひも、愚かにして慎めるは、得《とく》の本《もと》なり。巧みにして恣《ほしきまま》なるは、失《しつ》の本なり。

これは、一言でいえば、プロ（＝道の人）とアマ（＝非家）との違いである。芸能にしても仕事にしても、なぜプロとアマには決して越えられぬ一線があるのかという、いつの時代にも共通する問いへの答えが、明快に書かれている。
兼好によれば、専門家は常にたゆみなく努め、慎重であるのに対して、アマチュアは自由気ままなので限界がある、というのである。そこから逆照射して、人間の生き方全般にわたる教訓を引き出し、振る舞いや心遣いも慎み深くしているのは成功のもと、傍若無人な振る舞いは失敗のもとである、と結論付けている。

第百八十四段から第百八十七段までを連続して読んでみると、日常的な具体例を豊富に挙げて、そこから普遍的な人生の真理を見出している兼好の姿が浮かび上がってくる。徒然草の冒頭部では、観念的で理想主義的なものの見方をしていた兼好であるが、このあたりの書き方は、非常に現実的で堅実なものとなっている。

徒然草の批評意識の深まりは、こんなところによく表れている。つまり、具体例を抽象化することによって、普遍性を提示するという方法である。具体例というのは、とりもなおさず、有名無名を問わぬ、さまざまな生身の人間の生き方や発言である。これらに心を開いて、耳を傾けることによって、自分自身の思索も深まる。その深まった思索は、この世を生きる人々から発した具体例であるから、生き生きとしていて、素直に納得できるものである。人々の具体例を基盤としながら、兼好持ち前の簡潔明瞭な表現力を加味することで、徒然草が血の通った人間の文学となったのである。

人生の過ごし方と、兼好自身の生き方

さて、次に続く第百八十八段は、今までに見られないような論の展開が示されている非常に長い章段である。原文の引用は省略するが、この段の展開を簡単に述べておくと、まず最初に、乗馬や早歌（宴席などで歌う歌謡）などの練習をしているうちに、当初の目標であった法師になれなかった少年の話を挙げて、人生のあっけなさを述べ、ひとまず、「大事を急ぐべきなり」という結論が導き出されてくる。

今までの徒然草の書き方ならば、ここで一段が終わっているところである。しかしこの後に、さらに「大事を急ぐ」とは具体的にはどのようにすることなのか、三つの具体例を挙げて、自分にとって一番大切なことを見極め、人生という限られた時間はその遂行のために使わなくてはならないと主張している。

それでは、どのような具体例が挙げられているのだろうか。まず第一に、碁を打つ時に、十個の石を捨てることで、それとは別の十一個を取ることとの困難さを挙げている。すでに手元にある十個の石を保持したいという欲が人間にはあるから、たとえそれより有利なものがあったとしても、危険と冒険を伴うこととして嫌う。しかし、そ

れをあえて冒してこそ、より高い境地に到達できる。

第二の具体例は、たとえば東山まで来た人は、西山に行った方がよいとわかっても、せっかくここまで来たのだからという欲が出るから、そこから引き返して西山に行く勇気はなかなか持てない。しかし、「大事を急ぐ」ためには、より重要なものを取り、それ以外は捨て去る覚悟が必要である、と明示している。

さらに第三の例として、登蓮《とうれん》法師という歌僧の話が紹介される。登蓮は座談の場で、渡辺《わたなべ》の聖《ひじり》という人物が、和歌の世界で謎とされている「ますほの薄《すすき》」と「まそほの薄」について知っていると聞くやいなや、皆が止めるのも聞かず、ただちに雨の中を飛び出してゆく。この登蓮法師の姿は、何物をもってしても替えがたい、この瞬間のかけがえのなさを、読者たちの心にはっきりと刻印する。

兼好はこの話をおそらく鴨長明《かものちようめい》の『無名抄《むみようしよう》』を通して知ったのだろうが、そこではあくまでも和歌に熱心な法師の話として、登蓮の逸話が描かれている。一方、徒然草では、人生のかけがえのなさの実例の最後に書かれている。第百八十八段の最後の具体例として、初めて固有名詞を持った話が位置付けられる時、インパクトも一段と増していると言ってよいだろう。

誰にとっても外部世界というものは、自己の周囲に広がる茫漠たる荒野のようなものではないだろうか。その中で自分自身にとっての人生の意味や意義を見定め、そのことをあやまたず遂行するのは、何と困難なことであろう。兼好は、現実の日常生活の中から、具体例を豊富に見付け出すことによって、外部世界に輪郭を与え、人生というもののあり方に言葉によって実体を与えた。

ずっと後の江戸時代になって、『猿蓑《さるみの》』で野水《やすい》が、「雨のやどりの無常迅速《むじやうじんそく》」と詠んだのは、徒然草のこの章段を念頭に置いているのではないだろうか。この時、登蓮法師の故事は、和歌数寄者《すきしや》を越えて、人生そのものの姿の象徴となって一句の中に凝縮した。その凝縮力をもたらしたものが、徒然草で描かれた登蓮の姿なのであった。

豊富な具体例によって、思索を深め、普遍的な真実を見出す批評精神が、徒然草の中で確立してきている。

相対化によって見えてくるもの

徒然草には、今見てきた第百八十八段のように、人生の心得が書かれている章段が多いが、第百八十九段もまた、直前の段と密接に繋がりつつ、さらなる思索の深まりが見られる段である。どこにも難解な語彙が使われていないのに、ここで書かれているのはなんと深遠なこの世の真実だろう。第百八十九段の全文を示そう。

今日はそのことをなさんと思へど、あらぬ急ぎ、まづ出《い》で来て紛《まぎ》れ暮らし、待つ人は障《さは》りありて、頼めぬ人は来《きた》り。頼みたる方《かた》のことは違《たが》ひて、思ひ寄らぬ道ばかりは叶《かな》ひぬ。煩《わづら》はしかりつることは、事無《ことな》くて、安《やす》かるべきことは、いと心苦し。日々に過ぎ行くさま、かねて思ひつるには似ず。一年《ひととせ》の中《うち》も、かくの如《ごと》し。一生の間《あひだ》も、また然《しか》なり。

かねてのあらまし、みな違《たが》ひ行くかと思ふに、自《おの》づから違はぬこともあれば、いよいよ、物は定め難《がた》し。不定《ふぢやう》と心得ぬるのみ、まことにて、違はず。

今日こそはある事をしてしまおうと決心していても、予定外の急用が出来《しゅったい》して、それに取り紛れてしまうことがある。また、待っている人は都合が悪くなって来られなくなり、待っていなかった人がやって来たりする。あてにしてぜひと思っていたことは当てがはずれ、期待もしていなかったことばかりが実現する。面倒そうで無理かと思っていたことはなんなく片付き、簡単だと思っていたことはなかなかうまくゆかない。毎日が万事この調子で、あらかじめ予想していたことと似ても似つかぬ結果となる。こうして一年が過ぎ、人の一生も予想がはずれながら過ぎてゆく。

ところが、予測がすべてはずれるかと思うとそうでもなく、予想通りに事が進む場合もあるから、なお一層わからなくなってくる。結局一番よいのは、世の中は「不定」であると心得ることである。このように心得て初めて、すべての場合が当てはまるのである。

第百八十九段には、このように書かれている。つまり、世の中というものは測りがたいものであり、確実なものなどないということである。兼好は、誰しもが体験するごくありふれた日常生活の中から、このような人生の真理を摑《つか》み取って、ここに書き留めた。中国や日本の古典的な書物から語句を引用することもなく、それでいて、いつの時代にもそのまま通用する真理を発見している。

ここに書かれていることとほぼ同じことが、明治時代の作家・樋口一葉の日記に出てくる。

世の中のことほど、知れ難《がた》きものはあらじかし。必ずなど頼めたることも、大《おほ》方《かた》は違《たが》ひぬさへ、ひたぶるに違ふかとすれば、又、さもなかりけり。いかにして、いかにかせまし。

これは、明治二十三年三月の日記の末尾に書き込まれたものである。筑摩書房版『樋口一葉全集』第三巻（上）の解説によれば、この頃の一葉は父親を失い、同郷の青年との婚約も破談の状態にあったという。そのような状態の中で、世間の荒波を実感したことから出てきた記述であろうが、内容・表現ともに、徒然草とのかなりの類似が見られる。この頃の一葉の日記や雑記には、他にも徒然草の影響が見られ始める時期にあたるので、ここも徒然草の影響と考えてよいだろう。

第百八十九段は、まず最初に、予想がはずれやすく世の中がままならないことを述べたうえで、常に予想がはずれるわけではない、という一文が付け加えられることによって、前半部分が相対化されて、「物は定め難し」という最終的な真実が見えてくる。この章段は、兼好が辿り着いた人生の心得の一つの到達点であろう。

人生を、どう生きるか。これは、徒然草の中に繰り返し表れてくるテーマである。

松下禅尼の話から、乗馬の名人たちの言葉、そして自分を誇らず自重することの大切さ、さらには一生の過ごし方の要は、自分にとって何を最優先すべきかを見極めることであり、それ以外はすべて捨て去れ、という直言。それらの記述を経て、この世の現実の実体が、「定め難し」という一言に集約されてゆく。徒然草を「連続読み」してゆくと、兼好の思索の展開と深化のプロセスが、手に取るように見えてくる。

しかもこのあたりの叙述は、さらなる展開を呼び起こし、引き続く章段では、「恋愛と夜」というゆかりのある世界が、直前までの思索の深まりに導かれるようにして、登場してくる。

恋愛の美学と、夜の美学

徒然草には、これまで人生の生き方や心得などを述べてきた段が多かった。それらはどちらかと言えば、心身ともにストイックな観点からのものであったので、ここからの三章段は、まるで精神のバランスを取るかのように、人生における美的な観点を取り上げて、兼好がみずからの思考や価値観を相対化していることが見て取れる。美しい間奏曲といった雰囲気が漂う。このような自在な展開も、徒然草の大きな魅力である。

第百九十段は、書き出しは結婚論であるが、結婚という形式を否定し、「よそながら時々通《かよ》ひ住」むことが、持続する恋愛を保証すると述べている。男女間の感情が惰性に流れることや、たんなる実利的な生活になってしまうといった、いわば結婚のマイナス面に注目することによって、結婚という形式自体を問い直し、その中から、恋愛のあるべき姿を浮上させようとする論法である。

第百九十一段と第百九十二段は、どちらも夜についての章段であるが、現行の章段区分では第百九十二段はたった一行のごく短いものである。この両段は、内容的に連続しているので、ここではまとめて取り上げることにしたい。

「夜《よ》に入りて、物の映《は》えなし」と言ふ人、いと口惜《くちを》し。よろづの物の綺羅《きら》・飾り・色節《いろふし》も、夜のみこそめでたけれ。昼は、事削《ことそ》ぎ、およすけたる姿にてもありなん。夜は、きららかに花やかなる装束《しやうぞく》、いとよし。人の気色《けしき》も、夜の火影《ほかげ》ぞ、よきはよく、物言ひたる声も、暗くて聞きたる、用意ある、心憎し。匂ひも、物の音《ね》も、ただ夜ぞ、一際《ひときは》めでたき。さして殊《こと》なることなき夜、うち更《ふ》けて参れる人の、清げなる様《さま》したる、いとよし。若き同士《どち》、心留《とど》めて見る人は、時をも分《わ》かぬものなれば、殊《こと》にうち解けぬべき折節《をりふし》ぞ、褻《け》・晴《はれ》なく、引き繕《つくろ》はまほしき。よき男《をとこ》の、日暮れて洗髪《ゆする》し、女も、夜更《よふ》くるほどに、滑《すべ》りつつ、鏡取りて、顔など繕ひて出《い》づるこそ、をかしけれ。（第一九一段）

神《かみ》・仏《ほとけ》にも、人の詣《まう》でぬ日、夜参《よるまゐ》りたる、よし。（第一九二段）

ものが映えず、何の効果もない喩えとして、「夜の錦」という諺がある。夜は暗いので、せっかく美しい錦の衣装も他人の目に見えないというわけである。ところが、ここで兼好が書いている美意識は、このような常識的な諺とは全く逆の、意表を衝《つ》く内容である。

すべてのものの燦《きら》めく美しさは、昼間よりも夜の方がすばらしいのだ、と兼好は言う。昼間はむしろ簡素で地味な身なりでよいが、夜はきらびやかで派手な衣装が、とてもよい。人間の容姿も、夜の燈火のもとでの方が、すばらしい人はなお一層よく感じられるし、話し声も、明るい所で直接聞くよりも、暗がりで聞いた時に話し方に心遣いが感じられる人は、心憎い。色合や楽器の音色も、昼間よりも夜の方がずっとすばらしい。

　このように、兼好は第百九十一段で述べている。彼の美意識や感覚は、非常に磨ぎ澄まされて繊細である。対象に「夜」というフィルターをかけて、間接的に見たり聞いたりするのであるから、五感が磨ぎ澄まされていなくてはならない。

　この「夜」とは、たえまなく遠ざかってゆく王朝時代の象徴とも解釈できる。もうすでに、どこにもない世界、しかしその余薫は、五感を研ぎ澄ました人間の心の深奥でほのかに立ち昇っている。きらびやかな衣装に身を包み、夜の静寂の中で心憎い立ち居振る舞いをする男女の姿は、まるで、フランスのロココの画家ヴァトーの絵画に描かれたような世界である。ヴァトーの絵の絹の光沢。彼の絵には、恋人の傍らでギターやマンドリンを奏でる雅び男《みやお》の姿や、恋人からの手紙を読む貴婦人、愛をささやきあう恋人たちの姿が描かれ、第百九十一段で書かれている情景とどこか不思議に通じるものがある。

　第百九十二段は、寺や神社を夜に参詣することのよさを述べている。これは当時の常識からは懸け離れており、むしろ夜に参ることはよくないとされていた。正安二年（一三〇〇）に成立した『古老口実伝《ころうくじつでん》』という伊勢神道の書物には、「深更神拝、思慮有るべき事。諸神集まり給ふ時也、云々《うんぬん》。参会の人、不吉、云々」とある。つまり、夜更けに神社に参拝することは慎むべきである、それは夜に神々が集まっているからであり、そこに人間が出掛けてゆくのはよくない、というのである。正安といえば、兼好と同時代である。ここには寺のことは触れられていないが、少なくとも神社に夜間参詣することは憚るべきであるという認識が、世間にはあった。

この第百九十二段について、江戸時代の徒然草の注釈書である『徒然草大全』（延宝六年刊、高田宗賢）では、「此《こ》の一段は、兼好の閑《しづ》かなる方《かた》を好める心よりして、書き給へり。散乱・不信の人の寺社参詣は、万《よろづ》の見物にことよせてするわざなれば、人の詣でぬ日、しかも夜参るは、心も清く、信もあらはれぬべし、との教へなるべし」と解釈して、物見遊山《ものみゆさん》と化した寺社参詣への兼好の批判と読み取っている。

ただし、第百九十一段と第百九十二段を一連の章段として捉えた場合は、この寺社参詣のことも、夜という時間が持つ非日常的なものへの兼好の強い関心の表れとみなすことができよう。

自己を相対化することの大切さ

夜の美意識を書いてきた流れから、再び直接的に人生のあり方を思索することへと筆が転回してゆく第百九十三段では、人間が陥りがちな自己中心的な思考が批判されている。

　暗き人の、人を測りて、その智を知れりと思はん、さらに当たるべからず。拙き人の、碁打つことばかりに聡《さと》く巧みなるは、賢き人の、この芸に愚かなるを見て、己《おの》れが智に及ばずと定めて、万《よろづ》の道の匠《たくみ》、我が道を人の知らざるを見て、己れ優れたりと思はんこと、大きなる誤りなるべし。文字《もんじ》の法師、暗証《あんしよう》の禅師《ぜんじ》、互ひに測りて、己れに如《し》かずと思へる、共に当たらず。己れが境界《きやうがい》にあらざるものをば、争ふべからず、是非《ぜひ》すべからず。

この段を前段からの繋がりで読み解けば、「夜の暗さ」を「人知の暗さ（暗愚さ）」へとスライドして、人間性の暗部に光を当てたと考えられる。

ここでも具体例によって、真理が提示されている。碁だけが得意な人が、碁が不得意な賢者を見て、自分よりも劣っていると決め付ける例。さまざま分野の専門家たちが、自分の専門分野のことを他人が知らないのを見て、自分の方が優れていると思う例。仏教教理を専門とする法師と、座禅を専門にする法師が、それぞれ自分の方が相手より優れていると言って互いに譲らない例。これらのことはすべて間違いで、人は自分の領域をしっかりと自覚したうえで、その領域にいない他人と争ったり、軽々しく批判してはならない、というのがこの段の大意である。

徒然草には、「おのれを知る」ことの大切さがこれまでも書かれてきた。たとえば本書の第二章でも触れたように、第百三十四段では、「我を知らずして、外《ほか》を知るといふ理《ことわり》、あるべからず。されば、己れを知るを、物知れる人と言ふべし」と書いている。

人間はとかく自己中心的になりがちであり、他人に勝りたいと思い、他人を批判しがちである。しかし、自分というものを世界の中心に置かずに周囲を見回してみれば、それぞれの人間に優れた点があり、傾聴すべき発言もある。自分という尺度は、けっして絶対的なものではない。しかしこのことは、自分というものをなくして成り立つものではなく、逆説的であるが、自己確立と同時に達成される境地なのである。このような自己認識を確立したうえで、自己という殻からも、自分の狭い尺度からも自由になった人間は、すでに達人の域に達していることになろう。

達人の眼

「人生の達人」とは、兼好の代名詞のようになっている言葉であるが、意外なことに徒然草の全体を通して、「達人」という言葉は、第百九十四段の冒頭ただ一箇所に出てくるだけである。

達人《たつじん》の人を見る眼《まなこ》は、少しも誤る所あるべからず。たとへば、ある人の、世に虚言《そらごと》を構へ出《い》だして、人を謀《はか》ることあらんに、素直に、実《まこと》と思ひて、言ふままに謀らるる人あり。余りに深く信を起こして、なほ煩《わづら》はしく、虚言を心得添《こころえそ》ふる人あり。また、何とも思はで、心を付けぬ人あり。また、いささかおぼつかなく覚えて、頼むにもあらず、頼まずもあらで、案じゐたる人あり。また、実《まこと》しくは覚えねども、人の言ふことなれば然《さ》もあらんとて、止《や》みぬる人もあり。また、さまざまに推《すい》し、心得たる由《よし》して、賢《かしこ》げにうち頷《うなづ》き、ほほ笑みてゐたれど、つやつや知らぬ人あり。また、推《すい》し出《い》だして、「あはれ、然《さ》るめり」と思ひながら、「なほ誤りもこそあれ」と怪《あや》しむ人あり。また、「異《こと》なるやうも、なかりけり」と、手を拍《う》ちて笑ふ人あり。また、心得たれども、「知れり」とも言はず、おぼつかなからぬは、とかくのことなく、知らぬ人と同じやうにて過ぐる人あり。また、この虚言の本意《ほい》を初めより心得て、少しも欺《あざむ》かず、構へ出だしたる人と同じ心になりて、力を合はする人あり。

愚者の中《うち》の戯《たはぶ》れだに、知りたる人の前にては、このさまざまの得たる所、言葉にても、顔にても、隠れなく知られぬべし。まして、明らかならん人の、惑へる我等《われら》を見んこと、掌《たなごころ》の上の物を見んが如《ごと》し。ただし、かやうの推し測りにて、仏法までを準《なずら》へ言ふべきにはあらず。

ここで詳細に描写されているのは、ある人物が嘘をついて他人を騙そうとした時の人々の反応である。疑うことなく、易々《やすやす》と騙されてしまう人。ひどく信じ込んでしまって、さらにその嘘を拡大してしまう人。全く無関心な人。嘘か真かどちらとも決めかねて、考え込んでしまう人。本当とは思わないが、人の言うことだから、そんなこともあろうと思う人。自分もわかっているような振りをして、賢そうにうなづいたりしているものの、実際のところは何もわかっていない人。おおよそのところでは信じていても、なお疑念を持っている人。なんと言うことはない、と手を打って笑う人。嘘と心得ていてもとやかく言わず、そのまま打ち過ぎる人。その嘘の本質を知って、最初から張本人と一緒になって嘘を広める人。

このような文字通り、十人十色の反応が書かれている。詳細きわまる人々の十通りの反応を描く兼好もまた、確かに「達人」の一人に違いない。なお、第七十三段では、嘘を付く人のタイプを五種類に分けて書いており、章段の位置は離れているが、内容としてはこの章段と一対になっている。

兼好は、「知りたる人」と「明らかならん人」に差異を付けているが、どちらにしても平凡な人間と比べて知力・洞察力・観察力に勝った人間を想定して、その人たちからみれば、すべてのことは御見通しであろうと述べている。

ところで、興味深いのは、最後のところで、仏法については例外としている点である。これは一見、不徹底な態度とも取れるし、当時の時代性を反映して、兼好でさえも自分の生きている時代の価値観の制約の下にあったという限界性が指摘できるかもしれない。

しかし、徒然草の後半部における兼好の独自の達成として、ものごとを相対化する視点が導入されていたことを思い合わせるならば、この末尾の付け足しのような部分も、単なる時代の価値観を示しているのではなかろう。むしろ、このように精緻に分析しうる世の中の出来事に対してすら、例外はありうるのだという、視野の拡大、あるいは柔軟な姿勢と受け取った方がよいように思われる。

仏教界からの批判を先取りしてこのような末尾を書いたのではなく、何かを書き留めるそばからこぼれ落ちる、書かれざる無数のことがらにも出来る限り言及せずにはいられない兼好の姿が、そこにある。

第九章

個性が普遍性を帯びる時

個人のエピソードから考証章段へ、という執筆パターン

本章では、徒然草の第百九十五段から第二百三十四段あたりまでを概観し、執筆の流れを大きく捉えてみよう。徒然草は、一段一段を独立した章段として切り離して読むこともできるが、大きな流れを捉えることによって、執筆中の兼好の関心の方向性や発想の型などを知ることができるからである。

第百九十五段と第百九十六段は、どちらも源通基《みなもとのみちもと》（一二四〇〜一三〇八）に関する貴族説話である。第百九十五段には、通基が木製の地蔵像を田の水にひたして丁寧に洗っていたところを、彼を探しに来た人々がみつけて連れ帰ったことが書かれている。

第百九十六段は、その通基が、故実書からの知識によって、神社の前で先払いをす

る故事について、自信に満ちた態度で源定実《さだざね》に答えたことが記されている。源通基という人は、壮年期に奇矯な行動を取るようになったが、それ以前は有職故実に通じる人物であったことがわかる。通基の人間像の両面性を捉えており、この二段は章段区分をせずに、まとめて一段とした方がよいくらい、密接な関連がある。源通基は、正応元年（一二八八）七月に内大臣になったが、十月には辞任した。兼好が幼年期の頃のことである。

　これに続く第百九十七段から第二百五段までの九つの章段は、すべて考証章段である。まず、「定額《じょうがく》の女孺《にょじゅ》」（第百九十七段）とか、「揚名介《ようめいのすけ》・揚名目《ようめいのさかん》」（第百九十八段）のような、ふだんあまり聞き慣れない言葉を、『延喜式《えんぎしき》』や『政事要略《せいじようりゃく》』といった典拠によって示す章段が書かれる。これは、直前の第百九十六段に書いたことが、故実書という典拠による書き方だったことからの展開であろう。一つの段が前後にそれぞれ内容的に密接に繋がりながら、いつのまにか話題が転換してゆく流れとなっている。

　第百九十九段からの考証章段も注意してみると、このあたりの展開は、まさに序段の「心に移りゆくよしなしごとを、そこはかとなく書きつくれば」という書き方そのままである。第百九十九段は、音楽に関する考証で、中国は「呂旋法《りょせんぽう》」であるのに対して日本は「律旋法《りっせんぽう》」の国である、と行宣法印《ぎょうせんほういん》が兼好に直接語った話である。

音楽に関する段は次には続いていかないが、「中国は呂・日本は律」という対比的な考証を書くというスタイルが、次に書くべき内容を決定づけたかのようである。第二百段は、「呉竹《くれたけ》は葉細く、河竹《かはたけ》は葉広し」という呉竹と河竹の区別についての章段であり、第二百一段には、「退凡《たいぼん》」と「下乗《げじょう》」の卒塔婆《そとば》の区別が書かれている。釈迦が仏法を説いた天竺（インド）の霊鷲山《りょうじゅせん》の麓に建っていた卒塔婆のうち、外側にあったのが下乗、内側が退凡であるとしている。

第二百二段は、「神無月《かみなづき》」についての考証である。前段で仏教のことが出てきたので、対比的に今度は神道に関する考証を行なったのだろう。ここで兼好が述べているのは、当時、神無月には神事を憚るべきであるという俗説があったことに対して、それは根拠のないことであるという主張である。「本文《もとふみ》も見えず」「本説《ほんぜつ》なし」などと書かれており、兼好がいかに権威ある書物による典拠を重んじていたかがわかる。

次の第二百三段から第二百五段までの連続する三章段は、主として刑法に関する考証という共通点がある。第二百三段は、矢を入れて背負うための箱である「靫《ゆき》」を、蟄居《ちっきょ》を命じられた人の家に懸けて、出入りさせないようにしたり、五条の天神に「靫」

を懸けて流行病を防いだりすることが、かつては行なわれていたが、今は行なわれなくなってしまったという考証章段。第二百四段は罪人の笞《むち》打ちの刑について。第二百五段は、起請文《きしょうもん》によって行なわれる裁判や政治はかつてはなかったこと、および、法令では水や火に対しては汚れを認めないということを記した章段である。これらの三章段は、刑法に関する考証であるが、昔からのしきたりが忘れられてしまったり、あるいは昔と違ってきていることを書いている。

今見てきた、第百九十五段から第二百五段あたりまでの章段展開は、まず、ある個人のエピソードを二段書き、次に考証章段が連続していたが、不思議なことに、このような形の章段展開は、この後も第二百二十八段あたりまで、ほぼ同様のパターンで続いてゆく。

章段の内容を遠景として大きく眺めてみると、第百九十五段から第二百二十八段までの書き方の構成は非常に似ており、二段連続して、ある人物のエピソードが書かれると、その後はしばらく考証章段が続く、というサイクルが繰り返されている。第二百六段と第二百七段で徳大寺実基《とくだいじさねもと》のことが書かれると、それに続く章段は主として考証章段となり、第二百十五段と第二百十六段で北条時頼のことが書かれると、やはりその後は主に考証的な章段が第二百二十八段あたりまで連続している。

執筆の流れをごく大雑把に捉えるとこのようになるが、もちろんこの中にも、流れに沿わない、色合の違う章段もある。たとえば、第二百十一段は、その前後が個人のエピソードと考証章段であるのに対して、それらと異なる内容を持っている。

よろづのことは、頼むべからず

「人物のエピソード章段」と「考証章段」には共通点がある。それはどちらも、過去であれ現在であれ、こういうことがある、あるいはあった、という事実譚として伝承されている点である。事実の揺るぎなさに、力点が置かれているのである。ところが、第二百十一段では、この世にはしっかりとした基盤のようなものはなく、実に危ういのだ、ということが主張されている。まず、全文を読んでみよう。

よろづのことは、頼むべからず。愚かなる人は、深く物を頼む故《ゆゑ》に、恨み、怒ることあり。勢ひありとて、頼むべからず。強《こは》き者、まづ滅ぶ。財《たから》多しとて、頼むべからず。時の間《ま》に失ひやすし。才《ざえ》ありとて、頼むべからず。孔子《こうし》も、時に遇《あ》はず。徳ありとて、頼むべからず。顔回《がんくわい》も、不幸なりき。君《きみ》の寵《ちよう》をも、頼むべからず。誅《ちう》を受くること、速《すみ》やかなり。奴《やつこ》従へりとて、頼むべからず。背《そむ》き走ることあり。人の志《こころざし》をも、頼むべからず。必ず変《へん》ず。約《やく》をも、頼むべからず。信あること、少し。

身をも、人をも、頼まざれば、是《ぜ》なる時は喜び、非なる時は恨みず。左右《さう》、広ければ、障《さは》らず。前後、遠ければ、塞《ふさ》がらず。狭《せば》き時は、拉《ひし》げ砕く。心を用ゐる事、少《すこ》しきにして、厳しき時は、物に逆《さか》ひ、争ひて破る。緩《ゆる》くして柔《やはら》かなる時は、一毛《いちまう》も損ぜず。

人は、天地の霊《れい》なり。天地は、限る所なし。人の性《しやう》、何ぞ異《こと》ならん。寛大にして、極《きは》まらざる時は、喜怒これに障《さは》らずして、物のために煩《わづら》はず。

「よろづのことは、頼むべからず」という主題がまず提示され、その具体例として八例が挙げられている。このように、豊富な具体例を畳み掛けるように書き連ねる方法は、徒然草によく見られるが、説得力に満ちた書き方である。権力・財産・才能・徳・寵愛・服従・志・約束という八例は、どれ一つとして世間の人々が重きを置かないものはなく、人々はこれらのものを何とかして獲得しようと、日々奮闘している。ところが、これらのものは当てにするに価しないものであり、まったく不安定きわまりないものである、というのが兼好の考え方である。

このような、悲観的とも思える考え方は、「名利《みやうり》に使はれて、閑《しづ》かなる暇《いとま》なく、一生を苦しむるこそ愚かなれ」という書き出しで、世間の人々が追い求める財産・地位・名声などの虚しさを徹底的に否定する第三十八段を思い出させる。その第三十八段の最後は、「万事は皆、非なり。言ふに足らず。願ふに足らず」という、虚無的とも言えるような境地にまで突き進んでいる。人生の目標をどこに設定して生きてゆけばよいのか、この時点での兼好は途方に暮れているようにさえ見える。

このような第三十八段と比べてみると、第二百十一段は、すべてのことは当てにならないと述べてはいるが、そのような世の中にどのように対処したらよいのかという心の持ち方についても言及しており、その点が、第三十八段と異なっている。

人生の目標とするものが決して磐石のものでないと自覚した時、人は絶望的になり、どのように自分の人生を切り開いてゆけばよいのかわからなくなる。いかにして、この精神の危機を切り抜けることができるのかという解答が、この二百十一段の後半で書かれている。当てにならない世の中を、いかにして生きてゆくか。その答えは、柔軟で寛大な心を持つことである。人間が本来持っているのびのびとした資質を十分に発揮することができれば、どのような事態が生じても、精神のバランスを失うことなく過ごせる、というのが兼好の結論である。

世の中には何一つあてになるものなどない、と指摘する前半部だけでこの段が終わっていたら、きわめて悲観的・絶望的な人生観に留まっていたことだろう。しかし、後半部では一転して、天地は無限であり、その中で生きている人間も天地同様に無限の広がりを持っているはずだというのであるから、むしろ楽天的な人間観にさえなっている。第二百十一段は、徒然草の後半で顕著になってきた、兼好の相対的なものの見方を反映して、人間の本性を柔軟な広がりのあるものと捉え、それによって、人生のどのような局面にも落ち着いて対応できる生き方を提示している。

「蓄財」という思想

徒然草の第二百十七段は、今までにない内容を持った、注目すべき章段である。文学史的に見ても、徒然草より以前の作品では、このような価値観が正面切って論じられたことはなかったのではないだろうか。すなわち、「蓄財の思想」とでも呼ぶべき内容が書かれているのである。

第二百十一段では「財《たから》多しとて、頼むべからず。時の間《ま》に失ひやすし」とあったし、第三十八段でも財産というものは否定されていた。ところが、この第二百十七段では、蓄財を勧める「大福長者《だいふくちようじや》」（＝大金持ち）の意見を詳しく紹介しているのである。第二百十七段はかなり長い段であるが、次に全文を掲げてみよう。

ある大福長者の曰《いは》く、「人は、よろづを差し置きて、ひたふるに徳を付《つ》くべきなり。貧しくては、生ける甲斐《かひ》なし。富めるのみを、人とす。徳を付かんと思はば、すべからく、まづその心遣ひを修行すべし。その心と言ふは、他《た》のことにあらず。人間常住《にんげんじやうぢゆう》の思ひに住《ぢゆう》して、仮《かり》にも無常を観ずることなかれ。これ、第一の用心なり。

次に、万事の用を、叶《かな》ふべからず。人の世にある、自他につけて所願《しよぐわん》無量《むりやう》なり。欲に従ひて、志を遂げんと思はば、百万の銭《ぜに》ありといふとも、暫《しばら》くも住《ぢゆう》すべからず。所願は、止《や》む時なし。財《たから》は、尽くる期《ご》あり。限りある財をもちて、限りなき願ひに従ふこと、得《う》べからず。所願、心に萌《きざ》すことあらば、我を滅ぼすべき悪念来《きた》れりと、固く慎み恐れて、小要《せうえう》をも為《な》すべからず。

次に、銭《ぜに》を奴《やつこ》の如《ごと》くして、使ひ用ゐるものと知らば、永く、貧苦を免《まぬか》るべからず。君の如く、神の如く、畏《おそ》れ尊《たふと》みて、従へ用ゐること勿《なか》れ。

次に、恥に臨《のぞ》むといふとも、怒り恨むること勿れ。

次に、正直にして、約を固くすべし。この義を守りて利を求めん人は、富の来《きた》ること、火の乾《かわ》けるに付《つ》き、水の下《くだ》れるに従ふが如くなるべし。銭積もりて、尽きざる時は、宴飲《えんいん》・声色《せいしよく》を事《こと》とせず、居所《きよしよ》を飾らず、所願を成《じやう》ぜざれども、心永《とこ》久《しなへ》に安《やす》く、楽し」と、申しき。

そもそも、人は、所願を成ぜんがために、財《たから》を求む。銭を財とすることは、願ひを叶ふるが故《ゆゑ》なり。所願あれども叶へず、銭あれども用ゐざらんは、全《まつた》く貧者と同じ。何をか、楽しびとせん。この掟《おきて》はただ、人間の望みを断ちて、貧を憂《うれ》ふべからずと聞こえたり。欲を成《じやう》じて、楽しびとせんよりは、如《し》かじ、財無《たからな》からんには。癰《よう》・疽《そ》を病む者、水に洗ひて楽しびとせんよりは、病まざらんには如《し》かじ。ここに至りては、貧富、分《わ》く所なし。究竟《くきやう》は、理即《りそく》に等し。大欲は、無欲に似たり。

ここで展開されている「徳を付く」（=財産を蓄える）ことに対する大福長者の金銭観・蓄財観は、独特のものであり、「と、申しき」という部分に、自分が直接体験した過去を表す助動詞「き」が使われていることから、兼好が実際に本人からこの発言を聞いて書き留めたと考えられる。

第二百十一段では、兼好が自分自身の処世法を書いていたが、この第二百十七段では、大福長者が語る蓄財の極意が書かれている。その極意は、五箇条ある。

まず第一に、この世は不変であるから、無常などと思ってはならないということ。「人間常住の思ひに住して、仮にも無常を観ずることなかれ」という大福長者の言葉は、当時の世界観の意表を衝《つ》くものである。

第二に、欲望を抑制すること。

第三に、金銭を尊ぶこと。

第四に、金銭のことで恥ずかしい目にあっても、怒ったり恨んだりしないこと。

第五に、正直にして約束を固守すること。

この五箇条を守れば、まちがいなく長者になれると、大福長者は言う。しかも、こうして富を得れば、金銭を使って贅沢をしなくても、心は常に安らかで満ち足りている、というのが大福長者の発言の大意である。

兼好はおそらくその場では、この発言に異を唱えたり、発言を遮ったりせず、十分に大福長者に語らせる、よき聞き手に徹していたのであろう。しかし、さすがにこれを書き留めた後に、自分の反論を述べている。兼好は、まず大福長者の生き方が、主客転倒していることを言う。人が蓄財するのは、それによって何か願望を叶えようとするためのはずなのに、財力があってもその願いを叶えることもしないのでは、財産を持っている意味がないではないか、と主張するのである。そして兼好の得意とする比喩によって、このような状態は、病気になっておいて、その治療を楽しみにするようなものであると結論づける。そもそも病気にならない方がよいように、金銭を貯めておいて使わないくらいなら、最初から貯める必要はないというわけである。

近世の教訓書への影響

兼好の目には本末転倒と見えた大福長者の考え方は、しかしながら、商業が発展した近世の時代になると、長者になるための貴重な教訓として再び甦《よみがえ》る。寛文二年

（一六六二）に刊行された教訓的な内容の仮名草子《かなぞうし》『為愚痴物語《いぐちものがたり》』は、徒然草からの明白な引用がいくつも見られる作品である。たとえば、徒然草の第百十七段の、「よき友、三つあり。一つには、物くるる友。二つには、医師《くすし》。三つには、智恵ある友」という教部分を使って、「よき友は智恵ある人に医師《くすし》なりさてその上は物くるる友」という教訓歌が作られている。そして、第二百十七段の大福長者の発言は、次のような四首の教訓歌に仕立て上げられている。

長　者山望《ちやうじややま》まば千代と心得て仮にも無常を観ずべからず
宝多く有りても尽くる期《ご》は有りとその心得を常に忘るな
尽くる期の有る宝にて尽きせざる願ひをなさば何か貯《た》まらん
金銀は神や仏よ主君《しゆうぎみ》と畏《おそ》れ尊《たふと》み使ふべからず

これらの歌は、徒然草で紹介された、大福長者の言葉を巧みに織り込んでまとめ上げてはいる。しかしこのような教訓歌からは、もはや文学の香りはまったく失せてしまい、無機的な方法論が透けて見えるだけである。一方、徒然草の中でもう一度大福長者の発言を読み返してみれば、そこからは、自分自身が体得した新しい価値観を生きる人間の、生き生きとした自信に満ちた息吹が伝わってくるようではないか。

大福長者はある座談の場面で、そこに居合わせた人々から、長者になる方法ではなく、人生観を尋ねられたのであろう。彼が開口一番、まず蓄財が最大の目標である、と答えているからである。もし、長者になる方法をストレートに尋ねられたとしたら、発言の最初の言葉は、「徳を付《つ》かんと思はば」という部分から始まったのではないだろうか。

第二百十七段に書かれたある大福長者の言葉は、哲学的な雰囲気さえ漂わせながら、「人間にとって金銭とは何か」という人生観への答えともなっている。金銭とは、決して欲望を叶えるための道具でもなければ、自分が自由にできる道具でもない。蓄財という行為を通して彼が真に獲得したものは、精神の平安であり、信義であり、この世は無常ではなく永遠不変のものであるという、きわめて高度な精神性であった。だからこそ、兼好は疑問を差し挟んではいるが、この大福長者の考え方に、ある一つの人生の真理を見出したのは確かではないだろうか。これに対して、近世の教訓歌の方は、蓄財の秘訣という、方法論の骨子だけになってしまっている。

大福長者もまた、徒然草に描かれた個性的な人物のひとりであって、彼の発言の要点だけを切り出して教訓歌にまとめてしまえば、この言葉を紡ぎ出した生身の人間の肉声は消えてしまう。

徒然草に登場する個性的な人々の魅力は、あくまでも兼好の筆によって生き生きと再現された彼らの言動にある。徒然草には名文・名句が満ちているが、兼好の関心はまず第一に人間の言動にあり、それを描く筆致が結果的に名文・名句となっているのである。徒然草の言葉の背後には、くっきりとした存在感を持つ生身の人間がいる。

「描く兼好」から「描かれる兼好」へ

徒然草には、今取り上げた大福長者も含めて個性的で魅力的な人間が何人も登場するが、近世になって徒然草が広く一般に読まれるようになると、今度は徒然草の著者である兼好が、個性的で魅力的な人間として描かれるようになる。近世の時代には、兼好の伝記が何種類も書かれるようになるのである。それらを総称して「近世兼好伝《きんせいけんこうでん》」と名付けておく。

これは主として、徒然草と兼好の自撰家集である『兼好法師集』の和歌を材料として創作されたものである。現代の目からは荒唐無稽なエピソードも書かれている。近世の人々は、徒然草を読めば読むほどに、著者である兼好への関心を高めていったのだろう。徒然草の中で兼好が蒔《ま》いた、人間への関心という種は、徒然草を読む人々の心の中で発芽し、徒然草の著者である兼好の人間像を知りたいという意欲へと発展していったのではないだろうか。「近世兼好伝」において必ずといってよいほど取り上げられている兼好の武勇伝のエピソードが創作される原話となったと思われる章段を、次に取り上げてみよう。

狐の話二題

徒然草の第二百十八段と第二百三十段は、離れた場所に位置しているが、どちらも狐に関する話である。まず、この二つの段の原文を、続けて引用しておこう。

狐は、人に食ひ付くものなり。堀川殿《ほりかはどの》にて、舎人《とねり》が寝たる足を、狐に食はる。仁和寺《にんなじ》にて、夜、本寺《ほんじ》の前を通る下法師《しもぼふし》に、狐三つ、飛びかかりて食ひ付きければ、刀を抜きてこれを防く間《あひだ》、狐二匹を突く。一つは、突き殺しぬ。二つは、逃

げぬ。法師は、あまた所、食はれながら、事故無《ことゆゑな》かりけり。（第二百十八段）

五条内裏《ごでうのだいり》には、妖物《ばけもの》ありけり。藤大納言殿《とうのだいなごんどの》、語られ侍《はべ》りしは、殿上人《てんじやうびと》ども、黒戸《くろど》にて碁を打ちけるに、御簾《みす》を掲《かか》げて見る者あり。「誰《た》そ」と、見向きたれば、狐、人の様《やう》に突《つ》い居《ゐ》て、さし覗《のぞ》きたるを、「あれ、狐よ」と響動《どよ》まれて、惑ひ逃げにけり。未練の狐、化《ば》け損じけるにこそ。（第二百三十段）

第二百十八段には、狐が意外に獰猛な動物であることが、リアルに書かれ、第二百三十段には、狐が化けることがどことなくユーモラスに書かれているので、どちらも狐について書かれてはいるものの、一読した印象は少し違う。

しかし、このように徒然草で狐の話が二つ書かれているのが注目されたのであろうか、「近世兼好伝」には、後宇多院の宮中に出仕していた頃の兼好の武勇伝として、次のような話が創作されている。

ある黄昏《たそがれ》の頃、内裏《うち》の宿直《とのゐ》より罷出《まかで》なんとしけるに、萩の戸の庭の方《かた》に、怪《あや》しげなる鳥ありて、羽《はね》を羽振《はふ》りて嘴《くちばし》を怒らし飛びさかる。人皆《ひとみな》、恐れて逃げ惑ふ。

既に御殿《ごてん》に翔《か》けり入りなんとしければ、兼好、村滋籐《むらしげどう》の弓に、胡籙《やなぐひ》の矢を取り、射《い》けるに、あやまたずして当たる。今一つの鳥、弦《つる》の音に驚く気色《けしき》にて、飛び帰らんとするを、またこれをも射止《いと》めてけり。

皆人《みなひと》、立ち寄りて、これを見たりければ、一つは鴨《かも》の様《やう》にて、足に黒き毛生《お》ひたり。今一つは、形雁《かり》の如《ごと》くにして、その色きはめて赤し。やがて、文《ふみ》の博士《はかせ》、薬の博士を召して、この鳥の名を尋ね下されけれど、誰《たれ》も誰も、あへてそれかと勅答申し上ぐる者なし。ただ、いぶせき姿にて、怪しき物とのみ思ひて、目守《まぼ》りゐたるに、暫《しば》しありて、この鳥、二つながら狐となりて、失《う》せにき。院、これを感じ思《おぼ》し召《め》して、兼好《かねよし》に、禄被《ろくかづ》けさせ給ふ。そのほどは、都も鄙《ひな》にても、これをこそ、珍らかなることに言ひけらし。

これは江戸時代に篠田厚敬《しのだこうけい》が著した『種生伝《しゅせいでん》』という、兼好伝記に書かれていることである。『種生伝』は「近世兼好伝」の中でも最も文学的な作品で、家集の和歌や徒然草を巧みに構成して兼好の一代記を描いている。今引用した部分は、兼好の出家以前のエピソードとして紹介されている。だから名前も、「ケンコウ」ではなく、「カネヨシ」である。

兼好の狐退治は、もちろん史実であるはずはない。しかし、文武両道にすぐれた人物として兼好を造型するために、このような武勇伝を入れたのであろう。その際に、『平家物語』の源頼政《みなもとのよりまさ》の話として有名な鵺《ぬえ》退治を下敷きにしながらも、怪鳥の正体を狐としたのは、徒然草の第二百十八段と第二百三十段がヒントになっているからだろう。

個性と普遍

本章では、第百九十五段から後の、約四十ほどの章段を概観してきた。徒然草の後半部で特に顕著になってきた個性的な人間を描く筆致は、不思議なことにかえって人間の普遍性をあらわすことにも繋がっていた。本章では詳しく原文を取り上げられなかったが、北条時頼が味噌を肴に酒を飲んだ話（第二百十五段）には、鎌倉武士の個性的な姿が躍動している。しかも、そこから読者が読み取るのは、単に一人の個性的な人間の姿だけではなく、信頼関係で結ばれた人間同士の理想的な姿でもある。また、原文を味読した第二百十七段の大福長者の金銭哲学は、彼自身の人生観を越えて、後世にも通じる考え方となっている。

さまざまな人間たちのさまざまな言動が登場するのが説話集であるが、一般に説話集の編者に対する後世の人々の関心は薄い。しかし徒然草の場合は、著者である兼好の人間像への関心もまた近世以後高まって、「近世兼好伝」と総称される、各種の創作的な兼好の伝記が書かれた。個性を描くことがそのまま人間の普遍性へと繫がる徒然草は、兼好自身のことはほとんど書かれていないにもかかわらず、彼の人間性そのものだと感じられたからであろう。

◉第十章

揺れる心を見つめて

徒然草の中で兼好は、どこから来てどこへ行くのか

ものを書くという行為は、他人から強制されない限りにおいて、何を契機として執筆を開始し、どこで擱筆《かくひつ》するのかは、すべて本人に委ねられている。どのような作品であれ、たとえそれが未完の作品でさえ、始めがあれば終わりがある。

徒然草の場合も、冒頭の「つれづれなるままに」という書き出しから始まって、さまざまなことがらが書き続けられてきた。そもそも、兼好がなぜ徒然草なる作品を執筆しようとしたのか、そしてその執筆を可能とした構想と表現は何を源泉としているのか、さらにまた執筆行為によって兼好自身はいかなる自己変革を遂げたのか。

このような、徒然草にとって根源的とも思える数々の疑問については、兼好本人が

徒然草の冒頭部の四十段あまりの中に、その解答を織り込めている。彼は徒然草の執筆を開始することによって、それまでに心に抱いていた理想の数々を現実と対置し、理想と現実の双方をそれぞれ検証したのである。

現実は、主として読書体験に基づく理想的な世界によって検証され、その不完全性を露呈したが、同時に理想の世界がある意味で不毛であることも、次第に兼好の眼に明らかになっていった。その結果、兼好が会得《えとく》したのは、理想と現実とに折り合いをつけるという、きわめて平凡といえば平凡な結論であった。しかし、この結論によって兼好は、現実をよりよく生きることこそが、人生というものの本質であることを認識したといってよい。

苦悩や煩悶の霧が晴れ、晴朗な人生のパースペクティブが豁然《かつぜん》と目の前に開け、どんな思考も他人の言葉ではなく、自分自身の言葉によって自在に語ることが可能となった時、表現世界の隅々まで天翔《あまが》ける兼好の筆は、ただ一つのものを除いて、あらゆる対象へと執筆行為を拡げた。

ところが、万能とさえ思えた柔軟で自在な思考と表現にも、ついに一点の翳りが生じる時がやってくる。地平線上の彼方に、今まで全く姿を現さなかった未知の存在が大きく立ちはだかったのである。おそらくこの障壁を乗り越えれば、最終ゴールに到達できよう。この障壁こそは、今まで徒然草の中で一度も正面切って検証してこなかったもの、すなわち、「自分自身は誰なのか」という最難問であった。

非在の自己

多くの場合、人がものを書くのは、自分を語りたいという要求から発するであろう。その際、特異で強烈な体験を味わったと自認する、「自分」というものへの、強い愛憎と関心が渦巻いている。ところが不思議なことに、徒然草にはそのようなものがほとんど感じられない。

兼好は自分以外のことには強い関心を示し、世の中のあらゆることを鋭敏にキャッチするが、こと自分に関してはほとんど口を噤《つぐ》んだままであった。あれほど多彩な内容を持つ徒然草に、なぜ兼好自身のことがほとんど書かれていないのか。このことは徒然草を一読した読者が、必ずや抱く素朴な疑問であろう。しかし、この疑問を解く鍵は、第二百三十五段に隠されている。原文を掲げよう。

主《ぬし》ある家には、すずろなる人、心のままに入《い》り来《く》ることなし。主《あるじ》なき所には、道行人《みちゆきびと》、みだりに立ち入り、狐・梟《ふくろふ》様《やう》の物も、人気《ひとげ》に塞《せ》かれねば、所得顔《ところえがほ》に入り棲《す》み、木霊《こたま》などいふ怪《け》しからぬ形も、現《あら》はるるものなり。また、鏡には色・像《かたち》なき故《ゆゑ》に、よろづの影来《きた》りて映る。鏡に色・像あらましかば、映らざらまし。虚《こ》空《くう》、よく物を容《い》る。

われらが心に、念々《ねんねん》の恣《ほしきまま》に来《きた》り浮かぶも、心といふものの無《な》きにやあらん。心に主《ぬし》あらましかば、胸の中《うち》に、若干《そこばく》のことは、入《い》り来《きた》らざらまし。

住む人がいない家には、他人や動物たちが自由に入り込み、木霊、つまり木の精霊などさえ出没する。また、鏡は平らで色も付いていないから、物を映すことができる。虚空は、何物にも満たされていない茫漠たる空間だからこそ、たくさんの物を容れることができる。

人間の心というものも、これらと変わることはない。始めから心という確固としたものがあり、それがある一定の形を取り、何かの色に染め上げられ、すでに何物かがそこを満たしている場所だとしたら、何物かがよぎり、映し出されることもないだろうし、心にはもはや何物をも容れることはできないだろう。

兼好は、心というものを、このように把握した。「心といふものの無きにやあらん」とは、決して見逃すことのできない、きわめて重要な問いかけである。徒然草の全体を通して、これほど重い言葉はない。「心といふものの無きにやあらん」とは、すなわち、語るべき自己がないという、兼好の秘やかな告白ではないのか。

自分というゴール

「われらが心に、念々の恣《ほしきまま》に来《きた》り浮かぶも、心といふものの無きにやあらん」ということに思い到った時、兼好は、「つれづれなるままに日暮し、硯に向かひて、心に移りゆくよしなしごとを、そこはかとなく書きつくれば、あやしうこそものぐるほしけれ」という序段の意味を、もう一度問い直したはずである。第二百三十五段は、遠く序段と響き合っている。

徒然草には、たとえば第百三十四段などに顕著に見られるように、「己れを知る」ことの大切さが繰り返し述べられてきた。ところが、この第二百三十五段に到って、そもそも心とは何なのか、自分とは何なのか、という根源的な問いかけが発せられたのである。徒然草はここまで書き進めて、初めて「自分」という核心に辿り着いた。他の多くの書き手が出発点とする地点が、徒然草の場合にはゴールであったのだ。

今まで、実にさまざまなことを書き付けてきたこの自分とは、何だったのか。自分の心は、実在するのか。もし実在するのなら、なぜこんなにもさまざまな、雑念とさえ呼びうるような思いが湧き上がってくるのか。

その湧き上がるものを逐一書き留めていった時、徒然草という作品がおのずと出来上がったのであるが、実は、この長い道のりの果てに辿り着いたのは、自分という存在であった。自分など最初からあるではないか、あるいは自分についてだけ書けばよかったのだ、と思う人間には、兼好のこの執筆行為そのものが、まるで徒労のように感じられるに違いない。

しかし、『青い鳥』のチルチルとミチルは、旅路の果てに帰宅して、自分の家の鳥籠に青い鳥がいたのを発見する。そんなことなら、わざわざ苦難の旅に出る必要などないではないか、家の中をまず最初によく見回すべきだ、という発言は当たらない。なぜなら、旅を通して彼らの目に真実が見えるようになったのであって、それ以前には、目の前にある鳥が青い鳥だという、その真の意味が見えなかったのであるから。

兼好の場合も、もし、自分のことだけを書いてきたのだったら、自己とは何か、自分の心というものは本当にあるのかという根源的な問いには、逢着しなかっただろう。自分というものをまず疑ってみること、いやまずその前に、自分という実体が存在するのかどうかということを疑ってみること。

外界に対してあれほど切れ味鋭く分析し、この世のあるべき姿をあれほどまでに透徹した筆致で描き切った兼好ではあったが、この筆の切っ先を自らの心に向けた時、自分には心というものがないのではないか、という究極の自己批判が生まれた。この批判にどのように答えたらよいのかというのが、兼好に課せられた最後の、そして最大のハードルだった。

自讃七箇条から透視する真実

徒然草は、急速に書き方が変わってくる。今まで書かなかったような自分の体験談を詳しく書く、第二百三十八段が出現するからである。徒然草に残された最後の領域は、兼好自身のことであった。自分のことを、いかにして語るか。しかし、兼好は大方の予想を裏切って、この段においてさえ、自分の知性と教養が、他人の称賛を浴びた場面を語ることに終始しようとしている。とはいえ、自讃七箇条の最後に、異性にかかわる体験を書き記したことから、ようやく閉ざされていた彼の内面の封印が切られ、内奥に潜んでいた慨嘆が浮上する。

兼好は、中原近友《なかはらちかとも》という人が書いた、馬芸に関する自讃七箇条を読み、その例に倣って、自讃を七つ書いた。まず、六つ目までの自讃を、大意を取って示してみよう。

一、ある時、花見に出掛けて、馬を走らせている男を見て、もう一度走らせたら必ず落馬すると兼好が予見したところ、それが当たったこと。

二、「紫の朱《あけ》奪ふことを悪《にく》む」という句が、『論語』のどの巻にあるかを記憶していたこと。

三、兼好が漢詩の押韻に通じていて、撞鐘《つきがね》の銘を書く際に助言を与えたこと。

四、それまで不明だった額《がく》の字の揮毫者《きごうしゃ》を、藤原行成《ふじわらのゆきなり》であると特定できたこと。

五、「八災《はっさい》」という、人の心を乱す八つの煩いの内容を思い出せなかった僧に、兼好が教えてあげたこと。

六、大勢の僧侶たちの中から、探すべき人をすぐに兼好が見付けたこと。

これらはいずれも、兼好の記憶力や学識や観察力がすぐれていたことをよく示している。そして、どれも他人に感心され称賛された話として書かれている。原文では、「人皆《ひとみな》、感ず」「人皆、興に入る」「いみじく感じ侍《はべ》りき」などという表現が、話の末尾に付いている。

それに対して、最後の七番目の自讃だけは、人々に称賛されたとは書かれていない点が、他の六つの自讃と異なる。しかも、徒然草の中で兼好が、自分の振る舞いをこれほど詳しく書いているのは稀である。

第七番目の自讃は、三つの場面から成り立っている。まず第一の場面。ある年の二月十五日、兼好は千本釈迦堂《せんぼんしゃかどう》に聴聞《ちょうもん》に出掛け、誰にも気づかれないように、顔を隠して、一人で後の方に座っていた。すると、美しい女性が人込みを分けるように入ってきて、兼好の隣に座り、彼の膝に寄り掛かるようにする。その女性の香りが移るようで、具合が悪いと思ったので、兼好が少し離れようとすると、女はまた彼に擦り寄って来る。とうとう、兼好は立ち上がって、その場を去った。

第二の場面は、その後日談である。ある御所に古くから仕えている女房が、いろいろな雑談のついでに、「あなたは、本当に情趣のわからない人でいらっしゃる。お見下げしますよ。つれないお人と恨んでいる女性がおりますよ」と言うので、「さあ何のことでしょう、おっしゃる意味が、腑《ふ》に落ちません」とだけ兼好は答えておいた。

第三の場面は、後日談のさらに後日談ともいうべき場面である。その後で聞いたところでは、あの聴聞の夜、兼好が来ているのを見つけたある貴人が、傍にいた女房を美しく装わせて、「もし、うまくいったら兼好に何か話し掛けて見なさい。そして彼の反応を教えなさい。どんな態度を兼好が取るか、面白い」と言って謀り事をした、というのである。

ここに到って、ようやく謎が解けたと言いたいところだが、いまだ真実のベールは掛けられたままでもある。そもそもなぜ兼好は、顔を隠して聴聞していたのか。兼好が来ているのを「御覧じ知りて」、兼好の態度を試してみようと「謀り給ひける」貴人とは、男性なのか、女性なのか。そして、なぜその貴人は、そんな気を起こしたのか。兼好は、それほど人の興味を引く存在だったのか。

これらの謎は、兼好という人物をどう捉えるかに直接かかわってくる。後世の人々も、やはりその点に注目したようだ。千本釈迦堂の場面を取り上げて、さまざまに兼好評を述べている。その中からいくつかを紹介したい。

「和にして介なる者」という兼好評

江戸時代に元政《げんせい》という僧侶がまとめた隠遁者の列伝に、『扶桑隠逸伝《ふそういんいつでん》』がある。そこでは兼好のことを「和《わ》にして介《かい》なる者」と評している。柔らかさと固さとを合わせ持った人物だというのだ。これは、自讃の第七番目の話と、『太平記』に出てくる兼好の「艶書代筆事件《えんしょだいひつじけん》」とを対比して導き出した、元政独自の解釈である。ちなみに、艶書代筆事件とは、『太平記』巻二十一「塩谷判官讒死ノ事《えんやはんがんざんし》」に出てくるエピソードである。時の権力者である高師直《こうのもろなお》に頼まれて、塩谷判官の妻に艶書を代筆したが、兼好が言葉を尽くして書いた手紙は、一顧だにされず、失敗に終わったという話である。『扶桑隠逸伝』は、兼好の人間性を両面から捉えた。兼好は、友人である高師直に頼まれたから、恋文の代筆を引き受けたのであって、これは兼好の柔軟な一面である「和」の表れである。一方、千本釈迦堂で、見知らぬ女性の誘惑に対しては、きっぱりとした「介」の態度を取った。これは兼好の清廉潔白な一面である。「和にして介なる者」とは、そのような兼好の二面性を捉えている。『扶桑隠逸伝』ではさらに、中国の賢者である柳下恵《りゅうかけい》のような優れた人物でない限りは、女性に対するきっぱりした態度を取るべきだという故事も、引き合いに出している。

漱石が俳句に詠んだ兼好

さて、「千本釈迦堂事件」は、徒然草の中でもまるで劇でも見るような面白さがあり、しかもそれが珍しく兼好自身の体験談であることへの興味からであろうか、俳句や詩に生まれ変わっている。これらは、近代の文学者たちが、兼好の人物像をどのようにイメージしたかを示す貴重な資料でもある。

夏目漱石が、熊本の第五高等学校の教授をしていた時代、明治三十年に作った俳句に、次のような一句がある。

春の夜《よ》を兼好緇衣《しい》に恨みあり

たった十七文字の俳句の表現は、非常に凝縮しているので、やや意味が取りにくい。緇衣《しい》（「シエ」とも）というのは、僧侶の着る黒い墨染の衣のことである。この句は、兼好が、誰かある僧侶に恨みを抱いていたとも解釈できる。しかし、おそらく漱石が念頭に浮かべていたのは、徒然草の第二百三十八段の千本釈迦堂のシーンであろう。

二月十五日の夜の出来事であるから、「春の夜を」という初句が、まず出てくる。旧暦の二月は、春である。そして、「兼好緇衣に恨みあり」とは、兼好が自分の着ている墨染の衣を恨んだ、という意味であろう。なぜ恨んだかといえば、出家前なら女性の誘いにも乗れたであろうに、なまじ僧体になってしまっているから、拒絶せざるをえず、残念なことだ、と漱石は千本釈迦堂での兼好の心理を、彼なりに想像した。

ただし、聴聞の夜の出来事が兼好の出家前なのか後なのかは、徒然草の記述からは特定できず、江戸時代の注釈書でも、その点が問題にされている。それに対して漱石は、この時すでに兼好が出家しており、それゆえに女性と関わることはできなかったが、それでもそのことを残念に思うような人物として兼好を描いている。その見方が、興味深い。漱石は、兼好を決して木石のような人間とは考えず、男女の機微にも十分通じている人間と思い描いていたことを、この俳句は示している。

与謝野鉄幹のロマンティックな詩

明治三十八年一月号の『明星』に発表された与謝野鉄幹の「法楽《ほうらく》の夜」という詩がある。この詩には、表現上、明らかに徒然草の第二百三十八段によっている部分がある。ただし、場所を黒谷《くろだに》としていることなどから、第二百三十八段だけを典拠として創作された詩ではないのだが、鉄幹が兼好の体験談をどのように解釈してイメージを膨らませているかを知るために、徒然草の表現とかかわる部分を引用してみよう。

法楽の夜

そと寄りて　／　ゐかかるものか、／　わが膝に　／あなゐかかりぬ。
香油《かうゆ》ぬる髪の香《か》や　／　衣《きぬ》の香や　／　さとうちかをり。
ゆくりなき　／　かゝるときめき、／　おもはゆし　／　君はゐかかる。
内陣の朱蠟燭　／　かがやかに　／　浄土のひかり。
（中略）
便悪《びんあ》しと　／　突《つ》とすり退《の》けば　／　またも突《つ》と　／　ゐかゝる人よ、

わが膝に袖こぼれ　／　舞扇《まひあふぎ》　／　襟《えり》を出《い》でたり。
（中略）
やはき手は　／　袂《たもと》のしたに　／　今つよく　／　わが手をとりぬ。
花ちらす天童は　／　わが前を　／　三たび繞《めぐ》れり。

全体は七行十連で、五音・七音の繰り返しを基本としながら、各連とも五行目のみは十音となっており、音律にも工夫が見られる。春の夜の艶《えん》なる出来事として、徒然草の世界が新たに甦っている。非常にロマンティックで、引用した最終部分の七行などは、徒然草の原文には全く書かれていない情景であり、あくまでも鉄幹の想像力によって描かれた美しい夢である。だから、これは鉄幹の詩として鑑賞すべきものであり、徒然草からは懸け離れた詩人の空想とも言えよう。けれども、徒然草の享受史を研究する立場から見れば、この詩は徒然草を解釈するための重要なヒントを提供している。

ある作品が後世の読者たちにどのように読まれたかという享受史研究は、一見作品そのものの理解からは迂遠《うえん》な方法に見えるかもしれないが、それによって透視されるものも必ずやあるはずである。享受のされ方と作品自体を相互に関連づけることによって、今まで気づかれなかったような新しい解釈も可能となる。これから述べようとするのは、そのような試みの一例である。

兼好の恋愛観と結婚観

徒然草には、兼好の恋愛についての感慨が、ところどころに書かれている。たとえば第三段で、早くも色好みを取り上げている。

> よろづにいみじくとも、色好まざらん男は、いとさうざうしく、玉の巵《さかづき》の当《そこ》無き心地《ここち》ぞすべき。露霜《つゆしも》に潮垂《しほた》れて、所定めず惑ひ歩《あり》き、親の諫《いさ》め、世の謗《そし》りを慎《つつ》むに心の暇《いとま》なく、あふさきるさに思ひ乱れ、さるは独《ひと》り寝《ね》がちに、まどろむ夜なきこそ、をかしけれ。さりとて、ひたすら戯《たは》れたる方《かた》にはあらで、女に容易《たやす》からず思はれんこそ、あらまほしかるべきわざなれ。

恋愛の相手になかなか逢《あ》うことができず、親や世間の非難をも顧みず煩悶する様子は、『源氏物語』にでも出てきそうな若い男性の姿であり、「色好み」という王朝時代の価値観を体現している。ただし、最後の「女に容易《たやす》からず思はれんこそ」という、女性から軽蔑されずに一目《いちもく》置かれたいという部分には、兼好らしさが表れている。

徒然草に点在する兼好の恋愛観は、この第三段のバリエーションであると言ってよいだろう。つまり兼好が恋愛に関して述べているのは、結局、ただ二点に集約できる。一点は、恋愛は、その情趣がすべてであること。もう一点は、現実の女性に対する辛辣な認識。この二点から当然のようにして導き出されるのが、結婚の否定である。

兼好は、結婚によって互いの美意識が弛緩し、異性同士としての心のときめきがなくなることを受け入れられない。現代的な視点から、兼好の男性としての身勝手さを否定するのはたやすいが、それが兼好の苦い現実認識であることを読み取ることが重要なのであって、現代社会の価値観によって彼の女性観を判定しても不毛であろう。

兼好が理想とするのは、第百九十段に書いていたような、「いつも独り住みにて」、「よそながら時々通《かよ》ひ住む」関係である。相手が兼好と同じような考え方の女性であるならば、距離を保ったままの関係が、互いの精神を束縛しないものとして、称揚できるかもしれない。しかし、それはあくまで、兼好の分身のような聡明な女性がいた場合にのみ可能なことであって、現実には、そのような異性は求めて永遠《とわ》に得られぬものであろう。

流露し始めた情感

徒然草からうかがわれる兼好の女性観や恋愛観は、彼の醒めた現実認識を基盤としている。これに対して、体験談としての恋愛は直接には書かれていないので、恋愛にかかわる心の襞《ひだ》は読み落とされやすい。けれども、先ほどの漱石の俳句や鉄幹の詩に描かれていたようなナイーブな恋愛心理が、徒然草の章段の背後に隠されていないとも限らない。

鉄幹が詩人の直感と想像力を駆使して再現した若き日の兼好の情感によって、それに続く章段の低音部を倍音できるかもしれない。なるほど兼好は、鉄幹のようには、「妻をめとらば才たけて、顔うるはしくなさけある」という率直な願望は述べなかったが、兼好にも結ばれることなく終わった恋もあったのではないだろうか。

千本釈迦堂での出来事は、自讃の一つとして書かれていた。この段を書き始める時の兼好の意図は、確かに、七箇条の自慢話を書き連ねることにあった。しかし、ひとたび書き始められるや、書かれたものは書き手の意図を超えて、新たな意味を持ち始める場合がある。

たとえば、『方丈記』のことを考えてみよう。鴨長明は『方丈記』の書き出しの部分で、明確に自分の執筆意図を述べている。それは世間の人々が「住まい」に対して持っている幻想の虚しさを証明して打ち砕き、真の生活の充実は物質的なものにあるのではない、と主張することであった。ところが最後になって長明は、自分の生き方もまた庵に執着している点では、世間の人々と変わることはないことに気づいたのだった。『方丈記』は、その書き出しからは思いもよらない地点へと、長明自身を連れていったことになる。

徒然草の第二百三十八段の場合も、同様なことが考えられる。千本釈迦堂で女性からの誘惑に迷わなかったことは、自慢話の一つと意識されて、ここに書き留められた。ところがこの思い出は、書き付けてみると、また違った意味合いで、兼好の心に、ある感慨を浮上させる媒介となったのではないだろうか。

第二百三十八段の直後に書かれているのは、「八月十五日、九月十三日は、婁宿《ろうしゆく》なり。この宿、清明《せいめい》なる故《ゆゑ》に、月を翫《もてあそ》ぶに良夜《りやうや》とす」という、ごく短い第二百三十九段である。
千本釈迦堂での出来事が二月十五日、つまり春の望月だったことからの連想で書かれたのであろう。問題は、その次の第二百四十段である。

雅《みや》び男《お》になれなかった兼好

徒然草の最終段は第二百四十三段であるから、この第二百四十段は、もうほとんど終わりといってもよい位置にある。ここで書かれていることは、恋愛についてであり、書き方のトーンが低く、どこか寂しげである。内容も王朝時代の色好み論から一歩も出ていないとして、兼好の精神的な後退を読み取る研究者さえいる。しかし、第二百三十八段の末尾の話からの連続性に着目するならば、この段は決して後退ではなく、兼好がひそやかに自己の心の深奥を語った、注目すべき段となる。

兼好は徒然草の中で自分のことをほとんど語らなかったが、それは、あからさまに語ることによって真実の自己がかえって曇らされることへの危惧があったからではないのか。しかし徒然草も終わり近くなって、ようやく兼好は自己の心の奥に秘めていた、ある恋愛への挽歌を語ることができたのではなかろうか。

第二百四十段の全文を掲げてみよう。

しのぶの浦の海人《あま》の見る目も所狭《ところせ》く、くらぶの山も守《も》る人繁《しげ》からんに、わりなく通《かよ》はん心の色こそ、浅からず哀れと思ふ節々《ふしぶし》の忘れ難《がた》きことも多からめ、親・兄弟《はらから》許して、ひたふるに迎へ据《す》ゑたらん、いとまばゆかりぬべし。

世にありわぶる女の、似げなき老法師《おいぼふし》、あやしの吾妻人《あづまうど》なりとも、賑《にぎ》はしきにつきて、「誘ふ水あらば」など言ふを、仲人《なかうど》、いづ方も心憎き様《さま》に言ひなして、知られず、知らぬ人を迎へもて来たらんあいなさよ。何事をか、打ち出《い》づる言の葉にせん。年月《としつき》の辛《つら》さをも、「分《わ》け来《こ》し葉山《はやま》の」なども相《あひ》語らはんこそ、尽きせぬ言の葉にてもあらめ。

すべて、余所《よそ》の人の取り賄《まかな》ひたらん、うたて、心づきなきこと、多かるべし。よき女ならんにつけても、品下《しなくだ》り、見にくく、年も長《た》けなん男は、かくあやしき身のために、あたら身をいたづらになさんやはと、人も心劣《こころおと》りせられ、我が身は向かひゐたらんも、影恥づかしく覚えなん。いとこそ、あいなからめ。

梅の花、香《かう》ばしき夜《よ》の朧月《おぼろづき》に佇《たたず》み、御垣原《みかきがはら》の露分《わ》け出《い》でん有明《ありあけ》の空も、我《わ》が身様《みざま》に偲《しの》ばるべくもなからん人は、ただ、色好まざらんには如《し》かじ。

他人の目を気にしながら、理性では説明のつかぬ何物かに衝《つ》き動かされて、相手と逢《あ》おうとする。そのような情熱的な恋心なくして、ただ親兄弟の勧めで結婚したとすれば、何としらじらしいことだろうか。

また、身の処し方に窮した若い女が、不似合いな老人の法師や、身分の低い東国の男であっても、裕福だという理由だけで、「わたしと結婚したいと言ってくださるなら」などとその気になる。それを仲人が男にも女にも相手のことをうまく話をつけて、結婚させる。このような場合もやはり、お互いに知らぬ者同士、いったい何を共通の話題として向き合うことができるというのだ。どんな時にも、他人が間に立って結婚するのは、気に食わない、嫌なことが多いだろう。これが兼好の結婚観である。

男女の結びつきが、互いの心の交流によらず、面識もないのに他人によって無理に夫婦にされることや、財産などを目当てに結婚を承諾することへの、相当強い嫌悪感が書かれている。このような考え方の背後には、どのような体験が隠されていると想像できるだろうか。

たとえば、家族関係や経済面で無力な、一人の若い男性がいたとする。彼は自分の気持ちを、相手にも家族にも積極的に打ち明けられずにいる。そう言えば、兼好にも、こんな歌がある。

通《かよ》ふべき心ならねば言の葉をさぞとも分《わ》かで人や聞くらん

相手の女性が男の優柔不断な態度に業を煮やして、他の男と結ばれてしまう。するとその非力な若い男は、恋愛や結婚に対してますます懐疑的になり、もし彼がきわめて明晰な頭脳の持ち主であれば、自分の感情をコントロールし、恋愛を観念の中に昇華してしまうだろう。

千本釈迦堂で、見知らぬ美しい女性の誘惑に乗らなかった兼好には、潔癖な生真面目さがある。そして、そのことを本人も自讃した。しかし、その後の章段の流れは、兼好の心を裏切って、そのような態度を取っていた、おそらくは若い頃の自分の生き方への苦い反省の念が、次第に湧き上がってくる。

結ばれたかもしれない、一人の女性。しかし、彼女は兼好のもとから永遠に飛び去ってしまった。堀辰雄の『曠野《あらの》』の話のように、都を離れ、地方に下ってしまったかもしれない。物語と現実は違うから、劇的に再会することもなく、心の奥底に遠い日の苦く甘美な思い出だけが残る。

それが、千本釈迦堂の記憶を書いたことによって、思いがけず封印が切られる。梅花の香が立ち籠める朧月夜、露が燦《きら》めく夜明け。忘れられない情景が、心をよぎる。このような季節の情感と一体となった恋愛体験を、自分自身のこととして心に思い浮かべられないような人間は、色好みなどしないほうがましなのだ、という最後の言葉は、単なる一般論として述べているのではなく、雅び男になりそこねた兼好の、苦い悔恨の言葉なのではないだろうか。

第十一章

徒然草を生きる

徒然草における主題と変奏

兼好は徒然草を執筆することによって、いかなる境地に辿り着き、最終的に何をもって徒然草の筆を擱《お》こうとしたのか。徒然草もいよいよ、残り三章段となった。

第二百四十一段は、世の中が常に変化し、何事も不変ではあり得ず、無常が切迫していることを述べており、徒然草に点在する、第四十九段・第五十九段・第百十二段・第百五十五段・第百八十八段などの段とも響き合う。まるで、何段階にもわたって変化しながら繰り返される、変奏曲のような章段である。

無常という主題は、決して固定したものではなく、徒然草の中で数々のバリエーションを生み出している。徒然草におけるこのような「主題と変奏」が、思索を深めてゆく推進力となっている。そして、この「主題と変奏」を可能にしたのが、断章スタイルによる記述である。時間を隔てて「心に移りゆくよしなしごとを、そこはかとなく」自由に書き進めていったからこそ、章段を隔てて、遠く響き合う主題とその変奏が可能になったのであって、集中的に一箇所にまとめて論じ尽くそうとしても、これほどの自在な展開はできなかっただろう。この「自在さ」ということが徒然草の最大の魅力とも言える。だから、徒然草における「主題と変奏」は、構築的に壮大な変奏曲を作り上げる方法ではなく、自由な流露感という点で、どこかモーツァルトの音楽を聴く思いがする。

本書で、徒然草の後半部を章段の順序に沿って読んできたのも、兼好の精妙で明晰な肉声を聴き取りたかったからである。

如幻《にょげん》の生と、所願の放下《ほうげ》

第二百四十一段は、如幻の生の実体を、ここでも身近な具体例によって、簡潔な中に余すところなく描き切った段である。その全文を示そう。

望月《もちづき》の円《まど》かなることは、暫《しばら》くも住《ぢゆう》せず、やがて欠けぬ。心留《とど》めぬ人は、一夜《ひとよ》の中《うち》に、さまで、変はる様《さま》も、見えぬにやあらん。病の重《おも》るも、住《ぢゆう》する隙《ひま》なくして、死期《しご》既に近し。されども、いまだ、病急《きふ》ならず、死に赴《おもむ》かざるほどは、常住平《じやうぢゆうへい》生《ぜい》の念に習ひて、生《しやう》の中《うち》に多くのことを成《じやう》じて後《のち》、閑《しづ》かに道を修《しゆ》せんと思ふほどに、病を受けて死門《しもん》に臨《のぞ》む時、所願《しよぐわんいちじ》一事も成《じやう》ぜず。言ふ甲斐無《かひな》くて、年月《としつき》の懈《け》怠《だい》を悔いて、この度《たび》、もし立ち直りて、命を全《まつた》くせば、夜《よ》を日《ひ》に継ぎて、このこと、かのこと、怠らず成《じやう》じてんと、願ひを起こすらめど、やがて重りぬれば、我にもあらず、取り乱して、果《は》てぬ。この類《たぐひ》のみこそあらめ。このこと、まづ、人々急ぎ、心に置くべし。

所願を成じて後、暇《いとま》ありて道に向かはんとせば、所願尽くべからず。如幻《によげん》の生《しやう》の中《うち》に、何事をかなさん。すべて、所願、皆、妄想《まうざう》なり。所願、心に来《きた》らば、妄《まう》心迷乱《しんめいらん》すと知りて、一事をも、なすべからず。ただちに、万事を放下《はうげ》して、道に向かふ時、障《さは》りなく、所作《しよさ》なくて、心身《しんしん》永く閑《しづ》かなり。

この第二百四十一段の書き出しは、月のことから始まっている。これは、第二百三十八段の最後の自讃が、「二月十五日、月明き夜」の話であったこと、次の第二百三十九段が、明月に関する考証記事であること、および、第二百四十段の恋愛場面の情景にも、朧月が点描されていること、などと関連があろう。したがって、このあたりの章段には、「月」をキーワードとする共通の情感が籠もっていると考えられる。

第二百四十一段で、兼好が言わんとしていることの大意を、言葉を補いながら書けば、次のようになろう。

月は満月になっても、そのままずっと丸いままであり続けることはなく、すぐにも欠けてしまう。注意深く見ていない人には、一晩のうちに、それほど月が欠けてゆくのもわからないのではないだろうか。けれども、決して一定の状態で留《とど》まってはいないのである。同様に、病気が重くなるのも、一定の症状で留まっていることはなく、急速に死期が近づいている。しかし、まだそれほど病気が進行しておらず、死期に直面していないうちは、「常住平生の念」に馴染んで、つまり、この世は不変であり平穏であると思って、まず、いろいろなことをしてから、その後でゆっくり暇を見付けて仏道修行をしようなどと思っている。

ところがそのうちに、病気が重くなって、いよいよ死の瞬間になると、とうとう人生で何事も成し遂げることができずに、死んでゆかなければならない。その時になって、今までの自分の怠惰を深く反省して、もし死なずに済んだら、あれもこれもなし果てようと願うが、時すでに遅く、取り乱して死んでしまう。

世の中の人々の有様は、このようなたぐいが多いのだ。このことを特に心に留めておかなければならない。

いろいろな願望を成し遂げて、暇ができてから仏の道に邁進《まいしん》しようと考えていると、願望は無限であるから、いつまで経《た》っても仏道には入れない。我々が生きているこの世は、幻のように虚しいものである。いったい、このような世の中で、何をしようとするのか。すべての願望は、みな妄想である。何か願望が心に生じたら、心に迷いが生まれたのだと自覚して、それらの願望を果たそうとしてはならない。すぐにも、すべてを捨てて、仏の道に向かう時、差し障りもなく、無用な行為もなくて、心身は末長く平静でいられるのだ。

このように兼好は述べているが、この段の後半部で書いている願望への対処の仕方は、第二百十七段の大福長者の発言と似ており、あるいはその影響を認めてもよいかもしれない。

しかし、ここで兼好は、本当に仏道への精進《しょうじん》を第一とし、限りない願望を捨て去ることによってしか静かな生活は過ごせないと考えているのだろうか。確かに、第二百四十一段に書かれている内容をそのまま受け取れば、兼好は仏道三昧《ざんまい》の生き方を選び取り、他人にもそれを勧めているように思われる。けれども、兼好が徒然草の執筆を通して獲得したものが、仏教的な生き方だったなら、徒然草は文学書というよりも宗教書となるだろう。そして、中世の時代に数多く書かれ、その後に顧みられなくなってしまった他の書物と同様に、歴史の彼方に埋没していたはずである。

この世が無常であるとは、兼好にとって、仏教の教義としてあったのではない。日常の生活の中ではっきりと認識できた事柄であったからこそ、彼は仏教の教義も受け入れることができたのであって、この認識の順序は逆ではない。

徒然草をもう一度振り返ってみれば、兼好が描き出すこの世の諸相が、いかに具体的で、日常的な光景であったことか。徒然草は冒頭部分にこそ古典的書物からの引用が目立つが、執筆が進むにつれて、兼好が自分の言葉で自分の思想を語っていることを再認識するのが、本書の力点であった。彼は、他人の思想の受け売りをすることはない。徒然草は、無常観を敷衍《ふえん》する書物ではないのだ。

有限の生と無限の願望は、両立しうるのか

この第二百四十一段は、評者によっては、それまでの無常観の反復にすぎないと否定的に取り扱われたり、あるいは逆に説得力に富む重い響きを持つ章段であると評されたりする。しかしながら、この段で最も重要なことは、無常と願望という、本来は相容《あいい》れない二つのものが併存しているのが現実世界であると、兼好がはっきり認識していることではないだろうか。

如幻《によげん》の生、無常の世にあってなお、人間は限りない願望を抱く。思えば、徒然草の第一段で書かれていたことこそ、「いでや、この世に生まれては、願はしかるべきことこそ多かめれ」という、人間の願望についてであった。

兼好が徒然草の執筆を通して、最も関心を寄せて考え続けたことは、この世の無常と、人間の限りない願望についてであった。第一段でさまざまな願望を描き、徒然草のほとんど最終場面で願望の放棄を述べているのをもって、彼の考え方や価値観が大きく変化したと捉えることもできるかもしれない。

しかし、むしろ、兼好が徒然草の章段を書き続けた果てに、再び人間の願望を問題にしているという、変化のなさにこそ注目すべきなのではないか。第二百四十一段の書き出しが月のことから始まっており、それが第二百三十八段の末尾あたりからのトーンと通底するものであるならば、この二百四十一段は、兼好が大所高所から人々に向かって、無常の認識と所願放下《しよがんほうげ》を説諭しているものとは思えない。

静かな諦念《ていねん》とともに、さまざまな願望に波立つ自らの心に、そっと蓋《ふた》をするものとして、またしても仏道修行が前面に出されたのではないだろうか。

徒然草では、今まで何度、仏道への勧めが書かれたことだろう。兼好が言うところの仏道修行という蓋は、一時的に彼の所願を鎮めたかもしれない。しかしそれは、まるで香炉の蓋のように、所願に燻《くゆ》る心が立ち昇るのを妨げはしない。兼好は、完全な仏道修行者たりえなかった。だからこそ、如幻の生における人間の願望を、手綱を緩めることなく考察できたのである。次に続く第二百四十二段も、人間の願望と欲についての段である。

響映する徒然草の構造

第二百四十二段の原文は、次の通りである。

永久《とこしなへ》に違順《ゐじゆん》に使はるることは、偏《ひとへ》に苦楽のためなり。楽といふは、好み愛することなり。これを求むること、止《や》む時なし。楽欲《げうよく》する所、一つには、名なり。名に、二種あり。行跡《かうせき》と才芸との誉《ほま》れなり。二つには、色欲。三つには、味《あぢ》はひなり。よろづの願ひ、この三つには如《し》かず。これ、顚倒《てんだう》の想《さう》より起こりて、若干《そこばく》の煩《わづら》ひあり。求めざらんには如《し》かじ。

この段の大意を、以下に書いてみよう。

人間がずっと「違順」、つまり人生における逆境と順境に捉われ続けているのは、まったくもって苦楽のためである。「楽」というのは欲望のことで、人はこれを求めて止むことがない。この欲望というのは、第一に名声である。名声には二種類あり、一つはその人の言動に対する名声、つまり人となりに対する称賛であり、もう一つはその人が身につけている学問・芸能に対する名声である。第二には色欲、第三には食欲である。すべての欲望は、この三つ以上にはなりえない。このような欲望は、誤った考えから生じたもので、多くの煩悶を伴う。だから、求めないのに越したことはないのだ。

人間が抱く欲望を否定するという兼好の考え方は、この段に限ったことではない。今までも、繰り返し主張してきたことであった。ところで、色欲と食欲は、人間だけのものではなく、生物全般に関わる自己保存欲であるから、実はそれほど重要なことではない。これらと並べて名誉欲が挙げられている点に、注目すべきであろう。

第三十八段との関連性

名誉欲については、第三十八段でもすでに問題にされている。そこではまず、「名利に使はれて閑《しづ》かなる暇《いとま》なく、一生を苦しむるこそ愚かなれ」という書き出しに始まり、財産を求めることの愚かしさに続いて、「埋《うづ》もれぬ名」を後世に残そうとすることや、「智恵と心」が優れているという評判を残したいと思うことが、それぞれ愚かなことであるとして強く否定されている。そしてこの段の最後は、「万事は皆、非なり。

言ふに足らず。願ふに足らず」という、取りつく島もない言葉によって締め括られていた。

第三十八段は、兼好の「精神の危機」が露呈しているという意味で、きわめて重要な章段である。なぜなら、世間の人々が生涯を賭けて追求する富や名声などすべてを否定した兼好が、出口の見えない隘路《あいろ》に踏み迷い、人生の真の生き方がわからずに途方に暮れている姿が現れているからである。

しかし、兼好はそれに続く章段群では、書物の中に理想を追い求めることに終始せず、次第に現実の周囲とのコミュニケーションを成り立たせ、視野を広げ、人間の価値について、より柔軟な視点を獲得することができた。徒然草の前半部の世界には、兼好の精神的な成長過程の記録という側面が顕著に見られるのである。それは、兼好が『徒然草』の執筆を通して、徐々に成熟していったということである。ところが、徒然草も最後の場面になって、再び第三十八段で問題にしていた名誉欲・名声欲が浮上しているとは、いったいどうしたことだろう。

それほど名誉欲・名声欲というものが、兼好の心を大きく占めていたのだろうか。だからといって、兼好という人間自身が名声を追い求めていた、と考えるのは短絡的に過ぎよう。なるほど兼好自身にも名声を求め、他人の称賛を勝ち得たいという気持ちは強くあった。第二百三十八段に書かれていた自讃七箇条は、身近な人々の称賛を勝ち得て、小さな名声欲を満足させた出来事の列挙だった。

しかしながら、徒然草の最後から二番目の章段で、名声欲に触れているのは、心の奥に潜んでいる願望を、言葉の表層に浮上させることによって「無化」させる、換言すれば、言葉によってその実体を把握するためであったのではないだろうか。

徒然草とは、「心に移りゆくよしなしごとを、そこはかとなく」書き綴ってきたものであった。心にとりとめもなく浮かび上がってくる想念は、言葉という形を与えられることによって、初めて隈《くま》なき分析と検証の対象となりうる。言葉によって表現されてしまえば、どれほど不可思議なことも、どれほど高邁《こうまい》なことも、どれほど悲惨なことも、みずからの心の領域に生息し、しっかりと実体を把握できる現実へと変貌する。

兼好がまず最初に筆を染めた第一段での、人間のさまざまな願望をめぐる考察や、徒然草の前半部における最大の屈折点ともいうべき重要性をはらむ第三十八段で取り上げられていた名声への願望は、徒然草のほとんど終わりの部分で再び兼好の視界に立ちはだかった。

けれども本当は、このような捉え方は事実と逆だろう。実際は、徒然草のライト・モチーフとも言うべき問題意識が、またしても巡ってきたからこそ、兼好は徒然草を擱筆《かくひつ》しようとするのだ。兼好にとって、徒然草を書くことが持つ意味の全貌が立ち現れたとも言えよう。徒然草のゴールは、スタート・ラインに戻ってくることによって、兼好自身にここがゴールであると、はっきり自覚されたのである。

もはや書き続けることは、循環作業となった。そこから抜け出すために、執筆を中止し、真の意味で現実の中に入ってゆく決意を固めたのである。兼好の散文の著作は、徒然草以外には知られていない。徒然草以外の作品を書いたのに散逸したのではなく、兼好は徒然草以外には書かなかったのだと、断言しよう。心をひそめて最終段を読む者にとって、徒然草の稀有な文学的達成が、ここにこれ以上には深められない究極の形で銘記されていることが、はっきりと伝わってくるからである。

最終段をどう読むか

徒然草の最終段、すなわち第二百四十三段は、兼好が八歳の時の思い出を書いたものである。話自体は、他愛ないと言えば他愛ないものである。仏の起源を父親に尋ねたが、父は答えられなかったというものである。まず、全文を掲げよう。

八つになりし年、父に問ひて曰《いは》く、「仏は、いかなるものにか候《さうら》ふらん」と言ふ。父が曰く、「仏には、人の成りたるなり」と。また問ふ、「人は、何として仏には成り候ふやらん」と。父また、「仏の教へによりて、成るなり」と答ふ。また問ふ、「教へ候ひける仏をば、何が教へ候ひける」と。また答ふ、「それもまた、先の仏の教へによりて、成り給ふなり」と。また問ふ、「その教へ始め候ひける、第一の仏は、いかなる仏にか候ひける」と言ふ時、父、「空よりや降《ふ》りけん。土よりや湧きけん」と言ひて笑ふ。「問ひ詰められて、え答へず成り侍《はべ》りつ」と、諸人《しよにん》に語りて興《きよう》じき。

兼好が八歳の時、父親に向かって、「仏とは、どのようなものですか」と質問した。これに対して父は、「仏とは、人間がなるものだ」と答えた。すると少年兼好にはまた疑問が湧いてくる。なぜ人間が仏になれるのか、父は仏の教えによると言ったが、それではその根源は誰によってどのように成立したのか。父は、とうとう答えに窮して、「空から降ってきたのだろうか。それとも土から湧いてきたのだろうか」と匙《さじ》を投げた。しかし、父は息子に問い詰められたことがむしろ嬉しく、人々にこのことを自慢して語り興じたのであった。

この話が、もし徒然草の最終段でなかったのなら、微笑ましい回想として読むことも可能であろう。しかし、この段をもって徒然草の全段の筆が擱《お》かれたことを思えば、この章段に込められた兼好の意識の深層を読み取らなければならない。

徒然草が兼好の八歳の回想談で擱筆されている理由については、江戸時代以来、さまざまな説がある。たとえば、徒然草の最初の注釈書『寿命院抄《じゆみよういんしよう》』では、「此《この》段ハ、経・仏、先後ノ法門ヲ沙汰《さた》スル也」として、『釈氏要覧《しやくしようらん》』『報恩経《ほうおんきよう》』などを引用しながら、仏教における「法」と「仏」の前後関係を考察する仏教問答として解釈している。

儒学者である林羅山《はやしらざん》が著した注釈書『野槌《のづち》』では、仏典の引用の他に、八歳の子どもがこのような賢い振る舞いをしたことに注目し、「幼きより賢《さかし》きもの、今古《きんこ》すくなからず」として、八歳で詩歌を詠んだり、記憶力のよかった神童たちの例を日本や中国から挙げている。

また、和学者の北村季吟《きたむらきぎん》が著した注釈書『文段抄《もんだんしょう》』では、徒然草全体と絡めて、「この段は、かの世間の所願《しょがん》みな妄想《まうざう》なり、直ちに放下《はうげ》して道に向かふべし、と前に言へり。その道といふは、この仏なり。その仏道といふ物は、いかなる物ぞと、書き下せり。総じて、一部をここにて決したる也」と解釈している。つまり季吟は、徒然草の全体を通じて兼好が言いたかったことは、仏道に向かうべきであるということであり、だからこそ最後に仏道の本質に関わることを書いたのだ、と解釈しているのである。

現代の注釈書では、仏教の教義問答や仏道の勧めに力点を置いて解釈するものは少なく、この章段に幼少期から知的な好奇心に満ちた兼好の自画像が描き留められているとする解釈もある。また、人知によっては測り知れない無窮の世界の存在が示唆されており、余韻も感じられる。最終段は、さまざまな捉え方が可能な段である。

ただし、従来の解釈では、この段がなぜ最終段に位置するのか、あるいは位置する必然性があるのか、ということへの解答は十分に答えられていないように思われる。最終段に対する、もっと新しい別の解釈を提示することはできないだろうか。

森鷗外の慧眼《けいがん》

徒然草の最終段に対する解釈として非常に参考となると考えられる説は、注釈書や研究書ではなく、意外なことに、近代の文豪・森鷗外（一八六二〜一九二二）の「寒山拾《かんざんじっ》得縁起《とくえんぎ》」の中に見出だされる。鷗外は大正四年（一九一五）に小説『寒山拾得』を発表したが、この作品執筆の契機を書いたのが、エッセイ「寒山拾得縁起」である。「寒山拾得縁起」の書き出しの部分に、徒然草の最終段への言及が見られるので、その部分を引用してみよう。

> 徒然草に最初の仏はどうしてできたかと問われて困ったというような話があった。子供に物を問われて困ることはたびたびである。中にも宗教上の事には、答えに窮することが多い。しかしそれを拒んで答えずにしまうのは、ほとんどそれはうそだと言うと同じようになる。

つまり、鷗外はこの最終段を、父親の対応という視点から読んだのである。江戸時代以来の徒然草研究において注目されてきたのは、この段における兼好の姿であったが、鷗外のように、父親の存在も視野に入れて読み解くならば、大切なのは納得のゆく答えを得ることではなく、問いかけに対して、答え続けるという相互コミュニケーションが成立しているかどうかということになる。

最終段を解釈する際に、質問を発した兼好にだけ焦点を絞ったのでは、この段の隠された意味が見落とされてしまう。鷗外は、父親の態度を好ましいものとして読み取った。この段の眼目は、父と子の言葉のやりとりが、何度も何度も繰り返されるところにあるのではないだろうか。

最終段を好ましい親子関係の象徴として捉えてみると、徒然草にはここ以外にもさまざまな親子関係が描かれていたことに、今更ながら気付かされる。もちろん、第六段のように、「子といふもの、なくてありなん」という子孫不要論も書かれていたが、全体的には、徒然草に描かれている親子関係は、子どもに対して庇護者として振る舞う父親の姿や、子どもを思いやるが決して情に流されずに対応する母親の姿などが書かれていた。

たとえば、第四十段の因幡《いなば》の入道は、娘の庇護者としての自分の責任において結婚話を断ったし、第百八十四段の松下禅尼《まつしたぜんに》は、息子に倹約の手本を示した。また、第九十九段の久我基具《こがもととも》は、検非違使《けびいし》長官に就任した息子のために唐櫃《からびつ》を新調しようとしたし、第二百六段の徳大寺実基《とくだいじさねもと》は、やはり検非違使長官になった息子の裁判評決中に起きた、牛の狼藉《ろうぜき》事件にすばやく対応して、ことなきを得た。

兼好が描く親たちは、子どもの幸せを願い、子どもに対してしっかりとした態度を取り、子どもを保護する姿として登場するが、彼らは決して強権的・専制的な親ではなく、厳しさの中に愛情溢れる姿で描かれているのである。

「徒然草を生きる」ということ

自分の素朴な疑問に何度も答えてくれた父親の姿を描いた兼好は、自分自身がかつては「父の子」であったことを懐かしく回想したことだろう。その時、彼は気づいたのではないだろうか。もはや大人になった以上は、かつて父がしてくれたように、今度は自分のさまざまな疑問に対しては、自分自身で誠実に答え続けなくてはならないことに。そして今、彼の目の前にある徒然草こそは、その多様な問いと答えが、文章として結実したものであることに。

問いかけは限りなく、それぞれへの明確な答えはありえない。しかし大切なのは、根源的であるがゆえに容易には答えられない問いかけを続けることであり、徒然草の二百四十四の断章はすべて、兼好の心奥から発せられた「問いと答え」だった。

この世は、どうあるべきか。人間として、いかに生きるべきか。この世の無常を乗り越えることは、どのようにすれば可能なのか。人間の願望とは何か。徒然草で繰り返し取り上げられてきたこれらの問題は、ある意味で、最後まで問いかけと答えの、堂々巡りであった。

しかし、兼好は、第二百四十三段を書いたことによって、問いかけは完全に答え尽くされることはなく、どこかで結末をつけなくてはならないこともはっきりと自覚したはずである。徒然草の最終段は、兼好が父親との親密な対話の思い出を回想することによって、幸福な幼年期を遠望し、自分の人生を遠景として背後に押しやり、徒然草の執筆という舞台から、自分自身を退場させるための装置でもある。

では、兼好は遂に執筆行為を、放棄したのだろうか。しかし、彼にとって執筆の放棄は、おそらく、もう一つの世界への自然な移行だったろう。その「もう一つの世界」とは、現実の日常世界の異名にほかならない。徒然草を書き終えてからの兼好が、もはや何も散文作品を残さなかったのも、文学がすべてではなく、現実の日常に柔軟に対応しながら生きてゆく方を彼が選び取ったからであろう。そう考えれば、晩年の兼好が、時の権力者高師直《こうのもろなお》のために恋文（艶書《えんしょ》）を代筆したことも、決して不自然なことではない。この代筆が失敗に終わったことを、兼好は苦笑しながら受け入れたにちがいない。

現実の周囲の世界への強烈な違和感を持ったある一人の青年が、みずからの知識と教養を駆使して、言葉による理想世界を構築しようとしたのが、徒然草の発端だった。しかし、書き進めてゆくうちに現実世界とのコミュニケーションを成立させ、それによって、今までにない人間観・人生観の深まりを彼は得た。執筆行為による自己変革が達成され、さらにはこの世には、何事も確固とした固定的なものはなく、変化し不《ふ》定《じょう》であるという、相対化の視点も獲得した。さらには、一見相反するようであってもそれらを二つながら心に収める「両面性の視点」も獲得した。

人間が生きられる時間には限りがあって、しかも願望は無限であること。その現実にたじろぐことなく向き合い、みずからの心の揺らぎを大切に慈しみつつ思索を続けることが、いかに広やかな世界を胸元まで引き寄せたか。

生前、和歌四天王という歌人としての名声を得ていたとしても徒然草の著者としては、兼好は当時の記録や文学作品にその名を刻まれることがなかった。そのことに鑑《かんが》みれば、彼もまたある意味で、徒然草に登場する無名の人々に近い存在だった。けれども、徒然草を書き継いだことが、兼好自身のかけがえのない存在証明となって、現代にいたるまで、彼を生き続けさせている。

明晰にして優雅、峻厳にして滑稽。思索することがそのまま文学となった稀有の作品。わたしたちは、徒然草の生成の場に立ち合い、兼好のものの見方・考え方に伴走してきた。折に触れて徒然草を読み返すことは、この作品の命脈にわたしたちも連なり、わたしたちもまた、徒然草を生きることになる。そしてそれはそのまま、わたしたち自身の人生を生きることに、真っ直ぐにつながる。「徒然草をどう読むか」。答えは、この一点に懸かっている。

本書は、かつてわたしが主任講師を務めた二つのラジオ科目の印刷教材、すなわち、『徒然草の内景　若さと成熟の精神形成《パイディア》』（一九九四年）と『徒然草の遠景　文学の領域とその系脈』（一九九八年刊）を基盤としている。

『内景』と『遠景』は二冊相俟《あいま》って、徒然草がどのように生成し、その後、文学史の中でいかなる影響力を発揮したかという問題意識を一貫させて執筆したものである。ただし、四年間の放送授業のための印刷教材であることから、刊行時期にやや時間的な隔たりがある。けれども、この二冊には緊密な繋がりがあるので、いつの日か自分なりにもう一度まとめ直して、コンパクトな一冊の書物にしてみたいと思うこともあった。

ただ、そのような願いは、淡い夢のように心の中だけのものであろう、という現実認識も一方であった。このたび思いがけず、「放送大学叢書」に、わたしの徒然草論を加えていただき、心より感謝したい。

本書を執筆するに当たっては、徒然草の著者である兼好の思索の深まりと徒然草の文学的な達成に特に力点を置き、刻々と変容してゆく徒然草の文学世界を描き出すことに努めた。内容としては、『遠景』で取り上げた徒然草の後半部分が中心となっているが、『内景』で述べた若き日の兼好のナイーブな内面性にも適宜触れながら、書き進めた。

日本の古典文学の中でも、徒然草くらい親しみやすく、有名な作品はないように思うが、この作品が内包する「生き方の哲学」や「生き方の美学」は、すぐれて現代的な普遍性を帯びている。本書が、少しでも徒然草の新しい読み方を提起できていれば、幸いである。

元放送大学付属図書館長の柏倉康夫先生から、「今度、「放送大学叢書」に、『徒然草』が入ることに決まりましたよ」というお言葉をいただいた時の驚きと喜びが、執筆の原動力となった。この場を借りて、柏倉先生に心より御礼申し上げます。また、編集の小柳学さんには、助言とお励ましをいただき、いろいろとお世話になりまして、ありがとうございました。

平成二十一年四月二十五日

島内裕子

創刊の辞

この叢書は、これまでに放送大学の授業で用いられた印刷教材つまりテキストの一部を、再録する形で作成されたものである。一旦作成されたテキストは、これを用いて同時に放映されるテレビ、ラジオ（一部インターネット）の放送教材が一般に四年間で閉講される関係で、やはり四年間でその使命を終える仕組みになっている。使命を終えたテキストは、それ以後世の中に登場することはない。これでは、あまりにもったいないという声が、近年、大学の内外で起こってきた。というのも放送大学のテキストは、関係する教員がその優れた研究業績を基に時間とエネルギーをかけ、文字通り精魂をこめ執筆したものだからである。これらのテキストの中には、世間で出版業界によって刊行されている新書、叢書の類と比較して遜色のない、否それを凌駕する内容のものが数多あると自負している。本叢書が豊かな文化的教養の書として、多数の読者に迎えられることを切望してやまない。

二〇〇九年二月

放送大学長　石弘光

放送大学

学びたい人すべてに開かれた
遠隔教育の大学

〒261-8586 千葉市美浜区若葉2-11
Tel: 043-276-5111　Fax: 043-297-2781　www.u-air.ac.jp

島内裕子（しまうち・ゆうこ）
国文学者。専門は、『徒然草』を中心とする批評文学。
古典と近代、文学と絵画、文学と音楽、日本と西洋などを響映させる手法で、新たな研究を模索している。放送大学准教授。
著書に『徒然草の変貌』ぺりかん社、『兼好　露もわが身も置きどころなし』ミネルヴァ書房、『徒然草文化圏の生成と展開』笠間書院、『美しい時間　ショパン・ローランサン・吉田健一』書肆季節社、など。
1953年　東京に生まれる
79年　東京大学文学部国文学科卒業
87年　東京大学大学院博士課程単位取得退学
91年　放送大学助教授
2007年　放送大学准教授

シリーズ企画：放送大学

徒然草をどう読むか

2009年5月30日　第一刷発行
2013年6月30日　第二刷発行

著者　島内裕子

発行者　小柳学

発行所　左右社
〒150-0002 東京都渋谷区渋谷2-2-4 青山アルーブ406
Tel: 03-3486-6583　Fax: 03-3486-6584
http://www.sayusha.com

装幀　松田行正＋山田和寛

印刷・製本　シナノパブリッシングプレス

Printed in Japan　ISBN978-4-903500-14-0

放送大学叢書　表示価は税込

茶の湯といけばなの歴史　日本の生活文化
熊倉功夫　〔三刷〕定価一八〇〇円

自己を見つめる
渡邊二郎　〔三刷〕定価一七〇〇円

〈中国思想〉再発見
溝口雄三　定価一七〇〇円

教育の方法
佐藤学　〔五刷〕定価一六〇〇円

西部邁の経済思想入門
西部邁　〔二刷〕定価一七八五円

学びの心理学　授業をデザインする
秋田喜代美　〔二刷〕定価一六八〇円

日本人の住まいと住まい方
平井聖　定価一八九〇円